Gustav Schwab
Äneas

GUSTAV SCHWAB

ÄNEAS

Aus den „Sagen des klassischen Altertums"

Mit einem Vorwort von
Prof. Dr. Hartwin Brandt

Bearbeitet von
Dorothea von der Höh

magellan

VORWORT

Ohne Homers Dichtungen über den Krieg vor Troja („Ilias")
und über die Irrfahrten des berühmtesten Rückkehrers aus
diesem Krieg („Odyssee") könnten wir heutzutage viele An-
spielungen und Darstellungen auf antiken Vasen und in antiken Dichtungen nicht verstehen. Und ohne Homer könnten wir auch die Abenteuer des Äneas nicht begreifen, den
der römische Dichter Vergil in seinem Epos „Aeneis" zur
Zeit des Kaisers Augustus zum unsterblichen Helden der Li-
teratur gemacht hat. Denn der trojanische Fürstensohn Äneas ist auch ein Irrfahrer, der aus dem brennenden Troja
flieht, nach Italien gelangt und schließlich zum mythischen
Stammvater Roms und des julischen Geschlechts von Caesar
und Augustus wird.

Gustav Schwab (1792–1850) hat in seinen „Sagen des klassischen Altertums" diese Geschichten zusammengebracht
und meisterhaft nacherzählt. Schwabs Sagen waren über viele Jahrzehnte ein Klassiker, heute würde man sagen: ein
Bestseller, ähnlich wie Grimms Märchen. Schwab, der als
Pfarrer und Lehrer wirkte, wollte aber nicht in erster Linie
Geld verdienen, sondern er wollte laut eigener Aussage die
antiken Stoffe einem jugendlichen und älteren Lesepubli-
kum nahebringen, als „Vorschule für die höhere Bildung".

Derartige didaktische Ziele sind heutzutage längst nicht
mehr selbstverständlich und für viele auch gar nicht mehr
erstrebenswert – aber dennoch lohnt es sich, den wichtigsten
und wirkungsreichsten Sagenkreis der Antike, die Geschichten von Achill, Hektor, Paris, Agamemnon und Äneas zu
kennen. Denn im Theater und im Opernhaus, in Museen
auf antiken Kunstwerken und neuzeitlichen Gemälden, in

Comics und im Film begegnen uns auch heute immer wieder Figuren und Motive der trojanischen Mythen, und ohne Kenntnis der von den antiken Dichtungen hergeleiteten Begebenheiten, Konflikte sowie Kriegs- und Liebesgeschichten lassen sich diese Produkte der künstlerischen Rezeption gar nicht recht verstehen.

Doch der Zugang zu dieser fernen (Gedanken-)Welt ist schwierig, und daher bietet es sich auch heute noch an, auf die trojanischen Sagen in der wunderbaren Version von Schwab zurückzugreifen. Die Lektüre soll Freude bereiten, die spannenden Geschichten sollen unterhalten und zum Weiterlesen anregen. Daher ist der vorliegende Text im engen Anschluss an die Schwab'sche Vorlage entstanden, aber durch behutsame sprachliche Anpassungen modernisiert und durch gelegentliche Erläuterungen in eckigen Klammern bereichert worden. Schwab wünschte sich, wie er seinerzeit schrieb, dem Altertum durch seine Nacherzählungen „zahlreiche Freunde bei den Jungen und manche auch bei den Alten [zu] erwerben" – diesem Ziel möge auch diese Neuausgabe dienen.

Prof. Dr. Hartwin Brandt

INHALT

ERSTER TEIL

Äneas verlässt die trojanische Küste

Nach der Eroberung durch die Griechen konnte der Held und Halbgott Äneas sich aus seiner brennenden Heimatstadt Troja retten. Mit ihm flohen sein Vater Anchises, den er auf den Schultern trug, und sein kleiner Sohn Askanios, den er an der Hand mit sich zog. Seine Mutter Aphrodite beschützte ihn und die Seinen.

So kamen sie in der kleinen Hafenstadt Antrandrus an, am Fuß des Idagebirges, dort, wo das Gebirge ins Meer ausläuft.

Hier versammelten sich viele befreundete Flüchtlinge um ihn, Männer, Frauen und Kinder, lauter Unglückliche, die ihr Heimatland verloren hatten und alle bereit waren, unter Äneas' Führung eine neue Heimat zu suchen. Noch wussten sie nicht, wohin das Schicksal sie führen und ihnen Ruhe gönnen würde, doch sie legten ihr gerettetes Hab und Gut zusammen und fingen an, daraus eine Flotte zu zimmern.

Zu Frühlingsanfang waren sie fertig und konnten unter Segel gehen. Der älteste Trojaner in ihrer Mitte, der Held Anchises selbst, gab das Zeichen zum Aufbruch und war der Erste, der seinem eroberten Geburtsland für immer Lebewohl sagte. Weinen und Wehklagen erklang von den Schiffen, als die Flüchtlinge sich von der Heimatküste losrissen, die schon bald aus ihren Blicken verschwunden war.

Nach einer ununterbrochenen Fahrt von mehreren Tagen landete die Flotte an Thrakiens Küste. [*Thrakien lag nördlich von Griechenland auf der östlichen Balkanhalbinsel.]* Hier hatte vor langer Zeit einmal der wilde Verächter des Bacchus, König Lykurgos, geherrscht. *[Mit Bacchus ist Dionysos gemeint, der griechische Gott des Weines und des Rausches. König Lykurgos hatte sich ihm entgegengestellt und alle seine Begleiterinnen gefangen genommen.]* Aber die jetzigen Bewohner waren immer durch die gleiche Götterverehrung und Gastfreundschaft mit den Trojanern verbunden und im Krieg gegen die Griechen Verbündete gewesen. Doch inzwischen war dieses gute Verhältnis grausam gestört worden. Denn als Ajax der Telamonier einen Streifzug zur See gegen die verbündeten Thrakier unternahm, begann Trojas Glück zu wanken. Polymnestor, der treulose König Thrakiens, lieferte Polydoros, den bei ihm aufgewachsenen jungen Sohn des trojanischen Königs Priamos, den Griechen aus und erkaufte sich damit den Frieden. Polydoros aber wurde von den griechischen Belagerern vor den Mauern Trojas und den Augen seines Vaters gesteinigt.

Doch Äneas wusste nicht, an welchem Ufer er mit seinen Schiffen vor Anker gegangen war. Voll Freude, eine wirtliche Küste erreicht zu haben, betrat er mit seinen Freunden das Land. Und ohne von den Eingeborenen gehindert zu werden, legten sie den Grundstein zu einer neuen Stadt, in der sie sich in Ruhe von den Schlägen des Schicksals erholen wollten. Als Anführer der Auswanderer gab Äneas ihr nach seinem eigenen Namen den Beinamen „Änus".

Der Bau war schon im Gange und Äneas wollte für sein Werk den Schutz der Unsterblichen erflehen. Deshalb brachte er dem Göttervater Zeus und seiner eigenen Mutter Aphrodite am Ufer einen prächtigen Stier zum Opfer. In der Nähe befand sich ein Hügel, auf dem Kornelkirschen und Myrten üppig wucherten. Dorthin ging Äneas, um die frisch errichteten Rasenaltäre mit Laub und Zweigen zu bedecken. Da geschah ein grauenerregendes Wunder: Sobald er einen Strauch aus den Wurzeln reißen wollte, quollen daraus schwarze Blutstropfen hervor und flossen auf den grünen Waldboden, sodass dem Helden das Blut in den Adern erstarrte. Angstvoll warf sich Äneas auf die Erde und flehte zu den Nymphen des Waldes und zu Dionysos, dem Schutzgott Thrakiens, sie mögen die Schrecken abwenden, mit denen dieses Wunderzeichen ihm drohte.

Dann ergriff er ein drittes Bäumchen und versuchte mit aller Kraft, es zu entwurzeln. Da erklang ein klägliches Stöhnen aus dem Boden, und schließlich hörte Äneas eine Stimme, die in verlorenen Tönen sprach: „Was quälest du mich, unglücklicher Äneas? Meine Seele wohnt in diesem Boden, in den Wurzeln und Ästen dieses Waldes, in dem ich als Kind einst ahnungslos spielte. Ich bin dein Stammesbruder, dein Verwandter, Äneas. Ich bin Polydoros, der Sohn des Priamos, der von seinem Pflegevater an die Griechen verraten und vor deinen Augen vor Trojas Mauern gesteinigt wurde. Meine Überreste sind von mitleidigen Thrakiern eingesammelt und hier im Heimatland bestattet worden. Verletze meine letzte Ruhestätte nicht. Flieh von diesem Ufer, das dir und allen Trojanern mit Unheil droht; denn noch herrscht das Geschlecht meines Verräters in diesem Land."

Als Äneas sich vom ersten Schrecken erholt hatte, kehrte er zu den Seinigen zurück und meldete zuerst seinem Vater und dann den anderen Häuptlingen des ausgezogenen Volkes, was er gesehen und erlebt hatte. Alle waren sich mit ihm einig, diesen verdorbenen Ort des entweihten Gastrechts zu verlassen. Die begonnenen Arbeiten wurden eingestellt. Und nachdem sie für den unglücklichen Polydoros

ein Totenfest gefeiert hatten, schoben die Trojaner ihre
Schiffe wieder vom Strand, bestiegen sie und verließen mit
ihnen den Hafen.

Günstiger Wind führte sie bald weit in die offene See hinaus, und nach glücklicher Fahrt erschien ihnen mitten im
Meer, unter vielen anderen Inseln, ein wunderschönes In-
selchen, das freundlich aus den Wellen herausragte. Sein
Name war Delos, es war einst eine schwimmende Insel gewesen. Apollon war hier geboren worden und hatte sich mitleidig um sie gekümmert, als sie wie unentschlossen um andere Inseln und Küstenländer herumirrte. Er hatte sie in
der Mitte der Kykladeninseln befestigt, damit sie in Zukunft
den Stürmen trotzen und glückliche Bewohner ernähren
konnte. Die Menschen, die sich dort ansiedelten, hatten
dankbar ihre Stadt Apollon geweiht und waren gastfreund-
liche, gute Leute.

Dorthin steuerte Äneas mit seiner Flotte und ein sicherer
Hafen nahm die müden Seefahrer auf. Sie landeten und be-
traten die Phöbos Apollon gewidmete Stadt mit tiefer Ehrfurcht. Ihr König Anius, der zugleich Priester des Phöbos
war, kam mit der heiligen Binde um die Schläfe und dem
Lorbeer in der Hand den Ankömmlingen entgegen. Er erkannte in Anchises einen alten Gastfreund. Unter Gruß und
Handschlag wurden Äneas und seine Gefährten in die Mauern aufgenommen und pilgerten als Erstes in den altertüm-
lichen Tempel des Schutzgottes der Insel.

Äneas warf sich in tiefer Ehrfurcht vor dem Haus Apollons nieder und betete mit aufgehobenen Händen: „Gib uns,
du großer Beschützer des trojanischen Volkes, ein eigenes
Haus, gönn uns eine Stätte, an der wir bleiben können. Lass
das Geschlecht deiner Schützlinge nicht aussterben, hilf ihnen, ein zweites Troja zu gründen! Sprich, wer soll unser

Anführer sein? Wohin schickst du uns? Gib uns ein Zeichen, großer Gott, offenbare dich unseren Seelen!"

Kaum hatte er dies ausgesprochen, als die Schwelle des Gotteshauses, der Lorbeerhain, der den Tempel umgab, und das ganze Gebirge ringsumher sichtlich und fühlbar erbebten.

Und aus den offenen Hallen des Tempels erklang vom Dreifuß das Orakel heraus: „Ausdauerndes Volk der Trojaner, ihr kehrt in den Schoß eines Landes zurück, das schon den Stamm eurer Ahnen getragen hat. Eure alte Mutter sucht ihr auf: Von dort wird das Haus des Äneas noch in seinen spätesten Enkeln alle Länder der Erde beherrschen."

Bei der Stimme des Gottes hatten sich alle demütig zur Erde niedergeworfen. Als sie den günstigen Ausspruch vernommen hatten, sprangen sie freudig wieder auf. Lauter Jubel erscholl, und sie befragten sich untereinander, von welchem Land wohl Apollon spreche und wo ihnen eine neue Heimat winke.

Während sie so untereinander beratschlagten, erhob der ehrwürdige Anchises, Äneas' Vater, der sich mit der Vorwelt auskannte, seine Stimme: „Ihr Häupter des Volkes, lasst mich euch eure Hoffnungen deuten. Mitten im inselreichsten Meer liegt eine Insel, aus der der Göttervater Zeus selbst abstammt. Sie heißt Kreta und ist auch die Wiege unseres Volksstamms. Und wie Trojas Hauptgebirge heißt auch die waldige Bergkette, die sich über diese Insel zieht: das Idagebirge. Zu seinen Füßen dehnen sich die fruchtbarsten Ländereien aus und das Land ist mit hundert Städten geschmückt. Es heißt, unser Stammvater Teucer soll von dort ins trojanische Land gekommen sein. All unsere Götterverehrung soll von dort stammen, und gewiss führt uns auch jetzt Apollons Befehl dorthin: Lasst uns ihm folgen! Die

Reise dorthin ist nicht allzu weit. Wenn Zeus uns günstigen Wind schickt, sind wir in drei Tagen auf der Insel Kreta."

Den Flüchtlingen wird Italien versprochen

Über diese Deutung waren die Auswanderer hocherfreut. Bevor sie die Schiffe wieder bestiegen, schlachteten sie zwei Stiere: einen für den Meeresgott Poseidon und einen für Apollon, der ihnen mit seinem Orakel Mut gemacht hatte. Außerdem opferten sie für die mächtigsten Winde zwei Lämmer: dem wilden Sturm ein schwarzes, dem sanften Zephyros ein weißes.

Dann verließen sie den Hafen von Delos und ihre Schiffe flogen mit günstigem Fahrtwind nur so dahin. Sie segelten zwischen den Kykladen hindurch. Das Meer schien vor kleinen und größeren Inseln nur so zu wimmeln, die da und dort mit ihren schneeweißen Marmorfelsen aus den Wellen ragten. [*„Kykladen" heißt übersetzt „Ringinseln", denn sie wurden als Ring um die heilige Insel Delos betrachtet.*] Der heiterste Himmel begünstigte die Fahrt. Die Schiffe segelten um die Wette und von allen Seiten erklang fröhliches Rufen und Lachen.

„Auf, ihr Freunde, lasst uns Kreta suchen, das Heimatland unserer Väter!"

Wie von Anchises vorausgesagt worden war, erreichten sie tatsächlich am dritten Morgen die Insel Kreta. Nachdem die Flüchtlinge an Land gegangen und von den Einwohnern gut aufgenommen worden waren, machte sich Äneas abermals mit großem Eifer daran, eine neue Stadt zu gründen. Unter den fleißigen Händen der Flüchtlinge stiegen bald Mauern und Häuser empor, und sie fingen an, sich wohnlich einzurichten. Äneas gab der neuen Stadt den Namen Pergamos, nach der Burg von Troja, und errichtete ihr eine eigene Burg auf einem Hügel. Schnell wurden die ersten bürgerlichen Einrichtungen gegründet. Unter dem jungen Volk der Auswanderer wurden Ehen geschlossen, Äcker wurden verteilt und die Ältesten traten zusammen und berieten sich über die Gesetze des neuen Volkes.

Doch da bedrohte ein neues Unglück die armen Flüchtlinge mit Tod und Verderben. Ein glutheißer Sommer brannte ringsum die Felder aus, ohne Nahrung erkrankte die Saat, Gras und Kräuter verdorrten, auf den Bäumen verwelkten die Blüten ohne Früchte. Auch unter den Menschen riss ein schreckliches Sterben ein, und wen der Tod verschonte, der wurde doch krank und schwach.

Auf einer Versammlung, in der sie über ihre trostlose Lage beratschlagten, stand Anchises mit bekümmertem Herzen auf und riet seinen Unglücksgefährten, die Schiffe wieder zu besteigen, zurück zum Kykladenmeer zu steuern und auf der Insel Delos das Orakel des Phöbos Apollon erneut um Rat anzuflehen, damit der Gott ihnen die Richtung weise und ihnen sage, welches Ziel ihnen bestimmt sei. Diesem Rat stimmte das gesamte Volk zu, und sie beschlossen, alles bewegliche Eigentum auf die Schiffe zurückzubringen. Sobald dies geschehen sei, wollten sie die Anker lichten und die fast vollendete Stadt wieder verlassen.

Als alle Vorbereitungen getroffen waren und unter fortdauerndem Elend die letzte Nacht herankam, die sie unter Kretas unglücklichem Himmel zubringen wollten, lag Äneas müde von Sorgen und doch schlaflos auf seinem Bett. Er grübelte in der stillen Finsternis. Da hatte er plötzlich eine Vision. Der Vollmond brach eben aus den Wolken hervor und erhellte seine Schlafräume. Da war Äneas, als stünden vor ihm die heiligen Hausgötter der Trojaner, die er aus dem wütenden Feuer seiner Heimatstadt gerettet hatte. Und sie redeten mit ihrer Stimme, die er noch nie gehört hatte, und sprachen Worte des Trostes.

„Apollon selbst", so sprachen sie, „schickt uns zu dir. Du sollst uns vertrauen: Wir, die wir dir aus Trojas Feuer folgten und auf deiner Flotte mit dir über das stürmische Meer gesegelt sind, wir werden für dein Geschlecht einen Wohnsitz finden, den Ruhm deiner Enkel verherrlichen und ihrer Stadt die Herrschaft der Welt verleihen. Du selbst bist dazu auserwählt, der großen Zahl deiner Nachkommen diesen Sitz vorzubereiten; deshalb darfst du die Beschwerden der langen Flucht nicht scheuen. Es stimmt, den Ort, an dem du dich jetzt angesiedelt hast, musst du verlassen. Nicht dieses Ufer hat das Orakel des Apollon von Delos gemeint, nicht auf Kreta solltest du dich niederlassen. Nein, weit von hier liegt das Land, auf das dich der Götterspruch hinweist, die Griechen nennen es Hesperien. [*Das Wort bedeutet in der altgriechischen Sprache „Westen" und meint hier ein westlich gelegenes Land.*] Es ist ein uraltes Land, mächtig durch die Waffen seiner Bewohner, reich durch den Segen seines Bodens. Seine ersten Bewohner hießen Önotrier, von den Jüngeren soll es jetzt Italien genannt werden und das Volk Italervolk, nach dem Namen des einheimischen Königs Italus. Dies ist der Sitz, der euch von euren Ahnen her gehört, dorther stammen eure Väter Dardanos und Jason, die ältesten Begründer eures Geschlechts. Mach dich also auf, bringe deinem alten Vater die frohe Nachricht: Italien soll er aufsuchen. Auf Kreta zu bleiben, verweigert euch Zeus."

Kalter Angstschweiß hatte Äneas erfasst, solange die Götter vor ihm standen und sprachen. Doch als sie verschwunden waren, fühlte er sich von ihren Worten wunderbar getröstet. Er raffte sich von seinem Lager auf, streckte die flachen Hände betend, wie die Alten es taten, zum Himmel empor und brachte auf seinem Hausherd den heimischen Göttern ein Trankopfer dar. Nachdem er dies fröhlich vollbracht hatte, eilte Äneas zu seinem alten Vater und meldete ihm ausführlich seinen Traum. Anchises gingen die Augen auf. Er erkannte den doppelten Ursprung der Trojaner, den einen von Dardanos, den anderen von Teucer, und sah nun wohl ein, dass er sich in der Verwechslung der beiden alten Stammländer getäuscht habe.

„Lieber Sohn", sprach er, „jetzt erst erinnere ich mich, dass nur die Seherin Kassandra mir das zukünftige Schicksal richtig geweissagt hat. Sie verkündigte unserem Geschlecht ein Land, das sie mal Hesperien, mal Italien nannte. Das geschah aber lange vor Trojas Untergang, und wer dachte damals schon im Ernst daran, dass jemals teukrische Männer ihre Heimat verlassen und an die fernen Küsten Hesperiens auswandern würden. Ja, wer achtete damals überhaupt auf Kassandras Reden? Sie wurde für eine Närrin gehalten und galt nicht als Seherin. Jetzt aber lasst uns Apollons Wort nachgeben und auf seine Warnung dem besseren Hinweis folgen."

So sprach Anchises. Inzwischen hatte sich das Volk zur beschlossenen Abfahrt nach Delos versammelt. Als es nun die neue Weisung der Götter hörte, brach es in einen lauten Jubel aus. Alles rüstete sich. Nur wenige Kranke und Genesende blieben in der neu gegründeten Stadt zurück. Durch sie wurde die neue Ansiedlung der Trojaner erhalten. Glücklichere Zeiten kamen, die Einwohner vermehrten sich, und so blühte noch in späten Tagen auf der Insel Kreta Pergamos, die Trojanerstadt.

Die anderen aber richteten die Segel und bald steuerte die Flotte wieder durch die hohe See.

Sturm und Irrfahrten · Die Harpyien

Als kein Land mehr sichtbar war und es ringsum nur noch den Himmel und das Meer gab, türmten sich über den Köpfen der Segler graue Wolken auf, die Nacht und Sturm mit sich brachten. In der Finsternis fingen die Wellen an zu tosen. Ein Orkan brachte das Meer in Aufruhr; Berge aus Wasser stiegen auf. Die Flotte wurde auseinandergerissen und die Schiffe trieben zerstreut in den Strudeln dahin. Die schwarzen Wolken raubten das Tageslicht und hüllten alles in eine dichte Regennacht, die nur Blitz auf Blitz aus den zerrissenen Wolken erhellte. Dieses fürchterliche Unwetter dauerte drei Tage und drei sternlose Nächte, und während dieser Zeit wusste selbst der erfahrene Steuermann der Flotte, Palinurus, nicht mehr, wo sie sich befanden und wohin sie getrieben wurden.

Endlich, am vierten Tag, legte sich der Sturm allmählich und ein fernes Gebirge zeigte sich am Horizont. Dieser Anblick gab den Verzweifelnden ihren Mut zurück. Als sie dem Land näher gekommen waren, zogen sie die Segel ein, schnappten sich die Ruder und kämpften sich mit aller Anstrengung durch den noch immer tosenden Meeresschaum.

Das Land, auf dem die Verirrten strandeten, gehörte einer der beiden Strofadesinseln an, die sich im großen Ionischen Meer befinden, der Peloponnes gegenüber. [*Das Ionische Meer ist ein Teil des Mittelmeers; es liegt im Wesentlichen zwischen Italien und Griechenland. Die Strofades sind zwei sehr kleine Felseninseln, die wegen ihrer üppigen Vegetation und ihrer Naturschönheiten berühmt sind.*]

Es war ein unwirtliches, durch schauerliche Bewohner verrufenes Land. Die Harpyien, die gefräßigen Ungeheuer, hatten hier ihren hässlichen Sitz aufgeschlagen, nachdem

18

sie König Phineus' Wohnung verlassen hatten und von seinem Tisch verscheucht worden waren. Diese grauenhaften Scheusale waren, wie bekannt, Vogelwesen mit Frauengesichtern, die aber, ständig bleich vor Hunger, entsetzlich anzuschauen waren. An den Händen hatten sie Krallen, mit denen sie alles Essbare ergriffen, dessen sie sich bemächtigen konnten; und mit ihren ekelhaften Ausscheidungen besudelten sie jeden Ort, an dem sie erschienen.

Von diesen Bewohnerinnen des ihnen völlig unbekannten Ufers hatten Äneas und seine Fluchtgefährten keine Ahnung. Sie liefen in den Hafen ein, der vor ihnen lag, und waren ganz fröhlich, als sie sich wieder auf festem Land befanden. Der erste Anblick des Ufers zeigte ihnen auch nichts Unheimliches: Herden von Rindern und Ziegen gingen lustig auf der Weide, ganz ohne Hüter. Der ausgestandene Hunger ließ die Flüchtlinge nicht lange zögern. Sie töteten einige Tiere mit ihren Schwertern, brachten Zeus und den Göttern ein Schlachtopfer dar und setzten sich selbst zum leckeren Schmaus am Ufer in die Runde.

Es dauerte aber nicht lange, bis sie von den nahen Hügeln her einen lauten Flügelschlag wie von vielen Vögeln vernahmen. Als wären sie vom Sturmwind herbeigeführt, erschienen plötzlich die Harpyien, fielen über die Speisen her, zerrten daran herum und besudelten alles mit ihrer abscheulichen Berührung. Überall ertönten ihre grässlichen Stimmen und verbreitete sich ihr scheußlicher Gestank.

Äneas und seine Gefährten flüchteten sich mit ihrer Opfermahlzeit an eine abgelegene Stelle, unter einen hohlen Felsen, der rings von schattigen Bäumen eingeschlossen war. Hier zündeten sie erneut das Feuer an und stellten auch ihr Mahl wieder auf. Aber aus den heimlichsten Winkeln und aus ganz anderer Himmelsrichtung kam wieder derselbe sausende Schwarm, machte sich mit seinen Krallenfüßen an die Beute und befleckte das Mahl auf alle Weise.

Äneas und die Seinen griffen schließlich zum letzten Mittel: Sie verbargen ihre Schwerter und Schilde ringsumher im Gras, und als die hässlichen Vögel sich wieder im Schwarm herniedersenkten und das Ufer umflatterten, brachen die Gefährten auf das Zeichen eines ihrer Freunde, der alles vom Felsen herab beobachtete, los und versuchten, die Untiere mit ihren Schwertern zu erlegen. Aber keine Gewalt vermochte das Gefieder zu durchdringen, keine Wunde saß auf ihrem Rücken fest. Sie flüchteten eilig vor den Schwerthieben, ließen ihre Beute angefressen zurück und überall ihre hässlichen Spuren.

Nur eine der Harpyien, Celaeno mit Namen, setzte sich auf den höchsten Felsen und brach in die prophetischen Fluchworte aus: „Ist es nicht genug, unsere Rinder und Ziegen getötet zu haben, ihr trojanischen Fremdlinge? Müsst ihr uns unschuldige Harpyien auch noch aus dem Heimatland vertreiben? Nun, so hört die Prophezeiung, die mir Phöbos Apollon anvertraut hat und die ich euch als Rachegöttin verkündige: Ihr fahrt nach Italien, ihr werdet es auch erreichen, sein Hafen wird euch aufnehmen. Aber nicht eher umgebt ihr die euch verheißene Stadt mit Mauern, als bis euch ein grässlicher Hunger, die Strafe für das Unrecht, das ihr an uns begingt, zwingen wird, von euren eigenen Tischen zu nagen und diese zu essen." So sprach sie, breitete die Flügel aus und floh zurück in den Wald.

Den Trojanern erstarrte das Blut in den Adern vor Schreck. Sie wussten nicht, ob sie es mit fluchwürdigen Vögeln oder mit mächtigen Göttinnen zu tun hatten. Endlich hob Äneas' Vater Anchises seine Hände flehend zum Himmel und betete zu den Göttern um Abwendung alles

Unheils. Dann riet er seinem Sohn und den Fluchtgefährten, sich in aller Eile wieder einzuschiffen.

Äneas an der Küste Italiens · Sizilien und
der Zyklopenstrand · Tod des Anchises

Nach langen Irrfahrten und mancherlei Abenteuern erschien
endlich eine niedrige Küste mit seichten Hügeln in der Ferne.

„Italien!", rief als Erster der Held Achates, der das Land
vor den anderen erblickt hatte.

„Italien!", fielen unter Freudengeschrei die jubelnden Gefährten ein.

Der alte Anchises wickelte einen Kranz um einen großen Becher und füllte ihn bis zum Rand mit Wein. Auf
dem Hinterverdeck stehend, flehte er die Meeresgötter um
günstigen Wind und leichte Fahrt an. Und tatsächlich blies
der Wind kräftiger. Immer näher flogen sie auf einen Hafen zu und auf einem Hügel erkannten sie einen schönen
Tempel der Minerva. [*Daran sieht man, dass die Flüchtlinge in
Italien angekommen sind, denn Minerva war eine römische Göttin,
keine griechische. Sie war die Hüterin des Wissens, die Göttin der
Weisheit.*]

Vertrauensvoll rollten sie die Segel zusammen und brachten die Schiffe ans Ufer. Der Hafen war von der östlichen
Brandung des Meeres ausgehöhlt und bildete einen Bogen.
An vorgelagerten Klippen spritzte die Flut schäumend auf,
eine Mauer aus aufgetürmten Felsen senkte rechts und links
ihre Arme ins Meer hinab und der Tempel in der Mitte der
Bucht trat in den Hintergrund. Hier sahen sie am Strand als
erstes Vorzeichen vier schneeweiße Pferde, die hier und dort
im tiefen Gras weideten.

„Pferde bedeuten Krieg", rief Anchises aus. „Mit Krieg droht uns dieses Land, so gastfreundlich es auch aussehen mag. Lasst uns Minerva, die auf uns herunterblickt, anbeten und eilig mit unseren Schiffen umkehren!"

Sie befolgten den Rat des Alten, bestiegen wieder ihre Schiffe und flohen zurück ins Meer. Nun schifften sie an mancherlei Küstenländern vorüber, immer dem Süden zu, vorbei am Meerbusen von Tarent, an der Stadt Kroton mit ihrem Junotempel, an dem klippenvollen Skylation. [*Die Städte lagen und liegen zum Teil auch heute noch ganz im Süden Italiens. Die römische Juno wurde als Göttin der Geburt, der Fürsorge und Ehe verehrt.*] Bald tauchte in der Ferne Sizilien aus dem Meer, mit seinem Vulkan Ätna. Schon von Weitem hörten sie jetzt ein gewaltiges Meerestosen, Brandung um die Felsen, laut am Ufer gebrochen. Aus tiefem Abgrund sprudelte das Wasser empor und Sand unter dem Wasserschaum stäubte in die Luft.

„Das ist die Charybdis", rief der länderkundige Anchises, „das grässliche Felsenriff. Werft euch an die Ruder, Gefährten, reißt uns aus der Todesgefahr!" [*Charybdis war ein großer Wasserstrudel, der schon so manches Schiff zum Kentern gebracht und schließlich „verschlungen" hatte.*]

Eifrig lenkten alle mit den Schiffen zur linken Seite, Palinurus mit dem krachenden Schiffsschnabel voran. Bald flogen die Schiffe aus dem Strudel zu den Wolken empor, und wenn die Wellen verrollten, versanken sie wie in die Unterwelt; und dies geschah drei Mal.

Als sie der Gefahr glücklich entronnen waren, gerieten sie, völlig orientierungslos, an den Strand der Zyklopen, wo ein weiträumiger Hafen sie aufnahm. In ihrer Nähe hörten sie hier den Feuer speienden Berg Ätna donnern, der mal schwarze Wolken, Pechqualm und glühende Asche in die

Luft emporwirbelt, mal die Eingeweide des Berges, Steine und geschmolzene Felsen, hinaufschleudert und vom untersten Grund aus brausend kocht. Der von Jupiters Blitz versengte Körper des Giganten Enceladus – andere erzählen, der des Riesen Typhon – soll hier auf dem Grund der Erde liegen, und der mächtige Ätna sende, so sagt man, den Flammenatem des Riesen aus seinem Schlund empor. [*Jupiter ist der oberste römische Gott; er entspricht Zeus bei den Griechen.*] Sooft jener, von der drückenden Last des Vulkans erschöpft, seine Seite wechselt, bebt die ganze Insel von dumpfer Erschütterung, und Rauch verhüllt den Himmel.

Nun waren Äneas und seine Gefährten aber bei Nacht auf die Insel verschlagen worden und der Berg war ihnen noch dazu von Wäldern verdeckt. Auch zogen dichte dunkle Wolken über den finsteren Nachthimmel und Mond und Sterne verbargen sich hinter ihnen. So hörten sie die ganze Nacht hindurch nur das fürchterliche Tosen, ohne dessen Ursache erraten zu können.

Als der Morgenstern am Himmel stand und Aurora die Schatten vertrieb [*Aurora = römische Göttin der Morgenröte*], sahen die Flüchtlinge, die am Strand lagerten, einen seltsamen fremden Mann, ganz in Lumpen gehüllt, ein rechtes Jammerbild des Elends, plötzlich aus den Wäldern hervortreten und die Hände flehend nach ihnen ausstrecken. Abscheulicher Schmutz entstellte ihn. Die Fetzen seines Gewandes waren mit Dornen zusammengeheftet. Sein langes, verwirrtes Barthaar flog im Wind. Übrigens erkannte man auch in diesem jämmerlichen Aufzug noch den Griechen, der einst vor Troja gekämpft hatte.

Als der Mann in der Ferne trojanische Rüstungen sah, stutzte er einen Augenblick und verlangsamte schüchtern seine Schritte.

Bald aber rannte er entschlossen wieder vorwärts zum Ufer und flehte die Ankömmlinge weinend an: „Bei den Sternen, bei den Göttern, beim Himmelslicht beschwöre ich euch, Trojaner, nehmt mich fort mit euch, wohin es auch gehen mag! Ich weiß wohl, ich bin einer vom griechischen Heer, ich habe eure Stadt bekämpft und geholfen, sie zu zerstören. Seid ihr also unversöhnlich, so reißt mich in Stücke und versenkt mich im tiefsten Wasser. So wird mir doch der Trost zuteil, von Menschenhänden zu sterben!"

So sprach der Unglückliche, umfasste Äneas' Knie und schmiegte sich fest an ihn. Da forderten ihn alle auf, sein Geschlecht [gemeint sind seine Familie, seine Herkunft], seinen Namen, sein Schicksal zu nennen, und der ehrwürdige Greis Anchises reichte ihm selbst die Hand und drängte ihn, vom Boden aufzustehen. Allmählich erholte sich der Arme von seinem Schrecken.

„Ich stamme", begann er, „aus Ithaka und war ein Gefährte des erfahrenen Helden Odysseus. Achämenides ist mein Name. Weil mein Vater Adamastos arm war, entschloss ich mich, mit gegen Troja zu ziehen. Es war mein Unheil. Den Gefahren des Krieges glücklich entronnen, wurde ich hier in der scheußlichen Höhle des Zyklopen gefangen gehalten. Als Odysseus und meine anderen Begleiter, die der Menschenfresser noch nicht geopfert hatte, die Höhle mit List verließen, wurde ich hier krank und elend in einem Winkel der Kluft liegend vergessen. Ich hatte es mit angesehen, wie das Ungetüm ein Paar ums andere meiner armen Freunde verschlang, hatte mit Hand angelegt, als der einäugige Riese von Odysseus im Rausch geblendet wurde. Ich selbst bin nur durch ein Wunder aus seiner Höhle entkommen. Aber umringt vom groben Volk der Zyklopen, brachte ich seit vielen Tagen mein Leben in Hunger und Todesangst dahin. Und wenn ihr nicht die Beute dieses abscheulichen Riesenvolks werden wollt – denn wie Polyphem irren über hundert in diesem unwirtlichen Gebirge umher –, solltet auch ihr unglückliche Fremde eilig eure Schiffe wieder besteigen! [*Polyphem hieß der Zyklop, der Odysseus und seine Freunde gefangen gehalten hat.*] Seit drei Monaten schleppe ich mich zwischen Höhlen und Wildlagern herum, ernähre mich von der ärmlichen Kost der Waldbeeren und Wurzeln und bin stets auf der Lauer nach dem Riesengeschlecht, vor dessen tosenden Tritten und brüllenden Stimmen ich erbebe. Da sah ich, wie sich diese Flotte dem Ufer näherte, und ich brach auf, mich ihr zu ergeben, wer immer sie auch sein mochte."

Kaum hatte er zu Ende geredet, sahen die Trojaner auch schon, wie oben auf dem Berg der Zyklop Polyphem, der unförmige Riese mit dem geblendeten Auge, inmitten seiner Schafherde einherschlenderte, die sein einziger Trost im Unglück war. In der Hand hielt er als Stock einen behauenen Fichtenstamm. Am Meer angekommen, ging er mitten in die Fluten hinein, die ihm doch noch nicht einmal bis an die Hüfte reichten. Hier bückte er sich und wusch aus dem ausgestochenen Auge das immer noch fließende Blut, stöhnend und zähneknirschend.

Bei diesem grässlichen Anblick liefen die Trojaner, so schnell sie konnten, zu den Schiffen und nahmen den bejammernswerten Flüchtling mit, obwohl er eigentlich ihr Feind war und dabei geholfen hatte, ihre Stadt zu zerstören. Bei den Schiffen angekommen, hieben sie leise die Seile ab.

Als der Riese den Ruderschlag hörte, wandte er sich, noch immer im Wasser stehend, dem Geräusch zu und lief den Schiffen entgegen. Mit Mühe entging das letzte Schiff seinen huschenden Händen. Und als er vergebens in die Luft griff, erhob er ein so ungeheures Gebrüll, dass die Klüfte des Ätna wie von einem langen Donner widerhallten und das ganze Zyklopengeschlecht aus den hohen Bergen zum Ufer herabgerannt kam. Wie luftige Eichen oder Zypressen ragten ihre Köpfe in den Himmel und sie schickten der wegsegelnden Flotte drohende Blicke nach.

Um Skylla und Charybdis zu entgehen, segelten sie rückwärts am Ufer der Insel hin. Sie ließen sich dabei von Achämenides beraten, der diesen Weg früher mit Odysseus zurückgelegt hatte.

Auf dieser Fahrt traf Äneas ein großer Schmerz. Sein alter Vater Anchises, erschöpft von den Anstrengungen, Gefahren und Schrecken der Reise, sollte Italien, das Gelobte Land seiner Sehnsucht, nicht mehr erreichen. Er wurde zusehends schwächer, seine Sinne schwanden, seine Zunge erlahmte, und ohne nur ein Lebewohl sagen zu können, gab er in den Armen seines Sohnes den Geist auf, als sie eben in den Hafen der sizilianischen Stadt Drepanum eingelaufen waren.

Die trojanischen Flüchtlinge veranstalteten für den ehrwürdigen Vater ihres Anführers eine feierliche Leichenzeremonie.

Doch Äneas blieb keine Zeit, lange zu trauern. Die Verheißung der Götter trieb ihn, das Volk, das sich ihn zum Beschützer erwählt hatte, dem Land der Ahnen entgegenzuführen und das versprochene Reich dort zu gründen.

[*Die Trojaner haben inzwischen Griechenland weit hinter sich gelassen. Ab hier werden deshalb die römischen Götternamen verwendet. Zur besseren Orientierung stehen in Klammern zunächst noch die griechischen Namen.*]

Äneas wird nach Karthago verschlagen

Kaum hatte die Flotte Sizilien hinter sich gelassen und segelte fröhlich auf hoher See dahin, als Juno [bei den Griechen *Hera*], die alte Feindin der Trojaner, vom Olymp auf den Schiffszug hinunterblickte.

Dabei sprach sie zu sich selbst: „Sollte ich mein Werk nicht zu Ende bringen? Sollte Troja nicht ganz zerstört, sein Volk und Königsgeschlecht nicht mit der Wurzel vertilgt sein? Soll dieser Schwiegersohn des Priamos, soll sein Enkel wirklich Besitz von Italien nehmen? Konnte nicht Pallas Athene die heimkehrende Flotte der Griechen auseinanderschlagen und mit Orkanen das Meer durchwühlen, nur um die Schuld Ajax des Lokrers zu rächen? Und ich, die Königin der Götter, Jupiters [*Zeus'*] Frau und Schwester, soll dieses eine Volk jahrelang vergebens bekämpfen?"

Solche Gedanken beschäftigten sie in ihrem Zorn. Sie eilte in das Gebiet der Stürme, zur Grotte des Äolus, des Königs der Winde. Sie befahl ihm, bat ihn, machte ihm die reizendsten Versprechungen und so ließ Äolus schließlich sämtliche Winde frei. Sie stürzten wie Heere zur Schlacht heraus, wirbelten durch die Länder, legten sich – Ost und Süd, West und Nord – alle gleichzeitig aufs Meer und türmten dort die Wellen auf, in deren Mitte die Flotte des Trojaners schwamm.

Ein Jammergeschrei erhob sich unter den Männern, die Taue rasselten, während Blitz auf Blitz zuckte und die Donner durch den Himmel rollten. Äneas pries in diesem Augenblick alle diejenigen glücklich, die unter Trojas Mauern zur Verteidigung der Stadt gefallen waren. Er beneidete seine Freunde Sarpedon und Hektor um den Tod durch die

Hand des Tydiden [*gemeint ist der griechische Held Diomedes*] und des großen Achilles.

Aber seine Seufzer verwehte der Nordorkan, der die Segel der Schiffe nach vorn riss und die Schiffe selbst auf fürchterlichen Wasserbergen bis in die Wolken schleuderte. Die Ruder zerkrachten, die Meerflut brach ein und die Schiffe legten sich wie sterbend auf die Seite. Drei von ihnen schleuderte der Südwind auf verborgene Klippen, drei stieß der Ostwind von der hohen See auf seichte Sandbänke. Auf das Schiff der lykischen Verbündeten mit ihrem Führer Orontes wälzte sich eine ungeheure Welle nieder und warf den Steuermann kopfüber ins Meer. Dann drehte der Wirbel das Schiff dreimal in der Runde herum, bevor der Abgrund es verschlang. Auch das mächtige Schiff des Ilioneus und Achates sowie das Schiff des Abas und Aletes überwältigte der Sturm und das Meerwasser drang durch die lockeren Fugen der Planken ein.

Jetzt endlich bemerkte der Meeresgott Neptun [*bei den Griechen Poseidon*] den brausenden Aufruhr. Er wunderte sich über die losgelassenen Orkane, erhob sein ruhiges Gesicht aus den wilden Wogen und schaute rings um sich. Da erblickte er das Geschwader des Äneas im Meer zerstreut, die Schiffe seiner Lieblinge, der Trojaner, von den Wellen bedeckt und in Regengüsse gehüllt.

Auf der Stelle erkannte er den Groll und die Intrigen seiner Schwester Juno, rief den Ost- und Westwind gebieterisch zu sich her und sprach zu ihnen: „Was für ein frecher Trotz hat euch ergriffen, so ohne meinen Befehl Himmel und Meer durcheinanderzumischen und die Wellen bis an die Sterne zu türmen? Ich will euch ...! Doch für diesmal sei eure einzige Strafe, das Meer auf der Stelle zu verlassen. Geht und sagt eurem Herrn, nicht ihm sei der Dreizack und die Herrschaft über die See verliehen worden, sondern mir. Ihm gehören Felsen und Grotten, wo euer Zuhause ist; dort mag er in verschlossenem Kerker über euch herrschen, bis man euch braucht!"

So sprach er, und während er redete, glättete er die Wellen, verscheuchte die geballten Wolken und erheiterte die Luft, sodass die Sonne wieder schien. Seine Meeresgötter mussten die Schiffe, die zwischen Klippen geraten waren, von den zackigen Felsen wegdrängen. Er selbst hob die auf Sandbänken aufgelaufenen Schiffe mit seinem Dreizack wie mit einem Hebel und machte sie wieder flott. Dann glitt er auf seinem Wagen, von Meerpferden gezogen [*werden meist als Pferde mit Fischschwänzen dargestellt*], leicht über das Wasser dahin. Und das Getöse des Meeres schwieg überall, wohin der Gott die Pferde lenkte und einen Blick über das Wasser warf, wie bei einem Volksaufruhr der gemeine Pöbel, der voller Zorn mit fliegenden Fackeln und Steinen umhertobte, plötzlich schweigt und horchend aufblickt, wenn ein Mann von Tugend und Verdienst erscheint.

Die müden Seefahrer sahen eine Küste vor sich liegen, rafften ihre Kräfte zusammen und steuerten dem Land entgegen. Es war Afrikas Küste. Bald fanden sie eine Stelle zum Ankern. Von der einen Seite winkten sonnige Wälder auf sanften Hügeln, auf der anderen starrte ein Wald voll schwarzer Schatten an steiler Höhe, im Hintergrund der Bucht öffnete sich eine Felsengrotte mit Quellen und Moosbänken. Dorthin fuhr der Held Äneas mit seinen sieben Schiffen – dies war der ganze Überrest der Flotte. Die Trojaner stiegen aus und lagerten in ihrer triefenden Kleidung am Ufer. Der Held Achates schlug an einem Kiesel Feuer, fing die Glut in trockenen Blättern auf, nährte sie mit dürrem Reisig und fachte sie durch Schwingen zur Flamme an.

Dann wurde das Bäckergerät und das vom Wasser halb verdorbene Getreide aus den Schiffen ausgeladen und das gerettete Korn mit dem Mühlstein zermalmt.

Unterdessen kletterte Äneas mit seinem treuen Waffenträger Achates auf einen Felsen und ließ die Blicke über die weite Meeresfläche schweifen, um zu sehen, ob er etwas von den vom Sturm verschlagenen Schiffen und den verlorenen Gefährten erblicken könnte: von Antheus, von Kapys mit den Schiffen der Phrygier, von der Flagge des Kaïkus ... Aber er konnte kein Schiff entdecken; nur drei Hirsche sah er unten am Strand, denen eine ganze Herde folgte, deren Nachzügler bis tief in ein Tal hinein weideten. Schnell ließ er sich Bogen und Pfeil reichen und streckte den Führer der Herde nieder, einen Hirsch mit hochästigem Geweih. Und er ruhte nicht, bis er sieben Tiere erlegt hatte, so viele wie die Zahl seiner Schiffe. Dann kehrte er zur Bucht zurück. Die Beute wurde eingeholt und unter die Freunde verteilt. Auch stattliche Krüge mit Wein ließ Äneas aus den Schiffen herbeiholen, die ein Gastfreund an der sizilischen Küste ihm geschenkt hatte, und mit dem süßen Trank flößte er Trost in ihre kummervollen Herzen.

„Freunde", sprach er, „wir sind doch lange mit Trübsal vertraut, selbst mit größerer als dieser gegenwärtigen. Darum lasst uns hoffen, dass ein Gott auch ihr ein Ende machen wird. Ruft nur den alten Mut zurück; in später Zeit werdet ihr euch mit großer Freude an alle diese Leiden erinnern. Denkt nur daran, dass das Ziel so vieler Not und Gefahr Italien ist, dass uns dort unser Schicksal zeigt, wo wir uns in Ruhe niederlassen können, dass dort ein zweites

Troja emporblühen wird!" Doch er sprach diese Hoffnungsworte mit kummervollem Herzen und musste seinen tiefen Schmerz gewaltsam in die Seele zurückdrängen.

Die Gefährten schlachteten und brieten das Wildbret, labten sich an Schmaus und Wein und unterhielten sich – schwankend zwischen Furcht und Hoffnung – über die verlorenen Freunde.

Venus wird von Jupiter mit Rom getröstet · Sie erscheint ihrem Sohn

Auf der Zinne des Olymp stand Jupiter, der Göttervater, und heftete die Blicke, die über Meer und Land und Völker geflogen waren, endlich auf die afrikanische Küste, in das libysche Reich der Königin Dido, wo eben Äneas gelandet war.

Während er stand und grübelte, trat seine Tochter Venus [bei den Griechen Aphrodite, die Göttin der Liebe und der Schönheit] zu ihm.

In ihren glänzenden Augen schwammen Tränen, und sie sprach traurig: „Was hat dir mein Äneas getan [Venus ist Äneas' Mutter], allmächtiger Beherrscher der Menschen und der Götter, dass ihm, nachdem er schon so viel Unheil erduldet hat, der ganze Erdkreis um Italiens willen verschlossen wird? Hast du selbst mir nicht versprochen, dass dort aus dem erneuerten Blut des trojanischen Stammvaters im Lauf der Jahre einmal das Römervolk kommen und die Herrschaft über Land und Meer erhalten sollte? Nur dieses Versprechen söhnte mich mit dem Fall Trojas aus. Was hat deinen Sinn auf einmal so verwandelt?"

Der Vater lächelte die Göttin liebevoll an, küsste sie und sprach mit dem Blick, mit dem er die Wolken vom Himmel

31

verscheucht: „Sei getrost, Töchterchen, das Los deiner Schützlinge bleibt unverrückt. Laviniums Mauern in Italien werden sich erheben [*Lavinium war eine antike römische Stadt, die von Äneas gegründet wurde.*], in mächtigem Krieg wird Äneas dort siegen, trotzige Völker bändigen, Gesetz und Ordnung gründen. Drei Jahre wird er in Latium herrschen, sein Sohn Askanius oder Julus wird den Sitz der Herrschaft von Lavinium nach Alba Longa verlegen. Drei Jahrhunderte wird dort das Geschlecht des Priamus auf dem Thron sitzen, bis eine Priesterin der Vesta aus dem Königshaus dem Kriegsgott Zwillingsknaben gebiert. Von diesen wird Romulus, von einer Wölfin gesäugt, seinem Vater Mars [*römischer Kriegsgott, bei den Griechen Ares*] neue Mauern bauen und der Stifter des Römervolks werden. Die Römer aber mache ich zu Herren der Welt und ihrer Herrschaft sei kein Ziel gesetzt. Juno selbst, die deinen Sohn jetzt quält, wird sich mit seinen Enkeln versöhnen und mit mir auf ihrer Seite sein, und der größte Römer wird ein Nachkomme des Julus sein und Julius heißen. Sein Ruhm wird zu den Sternen sich erheben, er selbst, dein Nachkomme, o Tochter, wird in den Himmel unter die Götter aufgenommen werden. Unter den Menschen aber wird nach beendigten Kriegen der ewige Friede wohnen; eiserne Riegel werden die Pforten der Zwietracht schließen, die, mit hundert Ketten gefesselt, vergebens mit den blutigen Zähnen knirschen wird."

So sprach Jupiter und sandte sofort seinen Sohn, den Götterboten Merkur [*bei den Griechen Hermes*], nach Karthago, um dort den Trojanern gastliche Herberge zu bereiten. Dieses Land war ein uralter Sitz phönizischer Pflanzer und Juno beschützte das Reich mit besonderer Hingabe. Ihre Rüstung und ihr Wagen waren dort aufbewahrt, und längst war es Wunsch und Bestreben der Göttin, hier ein Weltreich zu begründen. Jetzt aber beherrschte dieses libysche Reich Dido, die Witwe des Phöniziers Sychäus, die hier die neue Stadt und Burg Karthago erbaut hatte.

Am anderen Morgen machte sich Äneas, nur von seinem Freund Achates begleitet, zwei Wurfspieße in der Hand, auf, um das neue Land zu erforschen, an dessen Ufer ihn der Sturm geworfen hatte. Da begegnete ihm mitten im Wald seine Mutter Venus in Gestalt einer bewaffneten Jägerin. Ein Bogen hing ihr über den Schultern, das Haar flatterte frei in den Lüften, das leichte Gewand war bis ans Knie aufgeschürzt.

„Sagt mir doch, ihr Jünglinge", so redete sie die beiden Helden an, „habt ihr keine meiner Freundinnen gesehen, in Luchspelz gekleidet, mit übergehängtem Köcher?"

„Nein", entgegnete ihr Äneas. „Aber wer bist du, junge Frau? In deinem Gesicht und deiner Stimme ist etwas Übermenschliches. Bist du eine Nymphe, bist du eine Göttin? Doch wer du auch seiest: Sag uns, in welchem Land sind wir? Der Sturm hat uns an diese Küste verschlagen und wir irren schon lange in der Welt umher."

Hierauf erwiderte Venus lächelnd: „Wir tyrischen Mädchen pflegen uns immer so auszustatten, und ich bin nicht Apollons Schwester, weil du mich mit dem Köcher bewaffnet siehst. Du bist unter Tyriern, Fremder, in einem Reich der Phönizier, in der Nähe von Agenors Stadt. Demnach ist der Weltteil, in dem du dich befindest, Afrika, das Land ist libysch, und das Volk wild und kriegerisch. Eine Königin herrscht über uns, Dido. Auch sie stammt aus Tyrus und war dort die geliebte Ehefrau des reichen Phöniziers

Sychäus. Aber ihr Bruder Pygmalion, der König von Tyrus, ein unmenschlicher Tyrann, hasste den Schwager, und geblendet von Goldgier und unbekümmert um die Liebe der Schwester, erschlug er ihren Mann heimlich am Altar der Götter. Der blasse Schatten des Ermordeten erschien seiner Frau im Traum mit einer tiefen Schwertwunde in der Brust und entschleierte ihr das geheime Verbrechen. Er riet ihr zu schleuniger Flucht aus dem Vaterland und bezeichnete ihr die unterirdische Stelle, wo der alte, verborgene Reichtum des Königs, Silber und Gold, bereitläge, um ihre Flucht zu unterstützen. Dido folgte seinem Hinweis. Der Tyrannenhass sammelte viele Gefährten um sie. Die bereitliegenden Schiffe wurden mit dem Gold angefüllt. So gelangten sie an die Küste Afrikas und an den Ort, wo du jetzt bald die gewaltigen Mauern der neuen Stadt Karthago und ihre in den Himmel gerichtete Burg erblicken wirst. Hier kaufte Dido anfangs nur ein Stück Land, das Byrsa oder Stierhaut genannt wurde. Mit diesem Namen aber verhielt es sich so: Dido, in Afrika angekommen, verlangte nur so viel Feld, als sie mit einer Stierhaut zu umspannen vermochte. Diese Haut aber schnitt sie in so dünne Streifen, dass die Haut den ganzen Raum einschloss, den jetzt Byrsa, die Burg Karthagos, einnimmt. Von dort aus erwarb sie mit ihren Schätzen immer größeres Gebiet, und ihr königlicher Geist gründete das mächtige Reich, das sie jetzt beherrscht. Nun wisst ihr, wo ihr seid, ihr Männer. Aber wer seid denn ihr, woher kommt ihr und wohin wandert ihr?"

Mit diesen Fragen veranlasste die Göttin eine rührende Erzählung seines Schicksals aus dem Mund ihres Sohnes, dessen Klage sie jedoch bald unterbrach: „Wenn meine Eltern mich nicht umsonst die Deutung des Vogelflugs gelehrt haben", sagte sie, „so verkündige ich dir die Rettung deiner verschlagenen Schiffe und die Rückkehr deiner Freunde. Denn ich sah am offenen Himmel in freudigem Flug zwölf Schwäne, die kurz zuvor ein Adler, der Vogel Jupiters, auseinandergescheucht hatte. In langem Zug suchten sie teils das Land zu gewinnen, teils schwebten sie schon über dem gewonnenen Land: So erreichten auch deine Gefährten schon zum Teil den Hafen, zum Teil nähern sie sich ihm mit vollen Segeln. Du aber geh weiter auf dem eingeschlagenen Weg."

So sprach die junge Frau und wandte sich um. Ihr rosiger Nacken erglänzte von überirdischem Licht, ihre ambrosischen Locken verbreiteten einen himmlischen Wohlgeruch, ihr Kleid wallte blendend bis zu den Fersen. Ihre Gestalt erschien übermenschlich, ihr ganzer Weggang verkündigte die Göttin.

Jetzt erkannte Äneas plötzlich seine Mutter und rief die Fliehende vergebens zurück. Diese aber umhüllte die Wanderer mit dichtem Nebel, damit niemand sie sehen und ihre Absichten erforschen könnte. Sie selbst schwebte hoch durch die Lüfte zu ihrem Lieblingssitz Paphos [auf Zypern].

Äneas in Karthago

Die beiden Wanderer gingen rüstig im Nebel dahin, immer dem Weg nach. Bald hatten sie den Hügel erstiegen, der sich hoch über die Stadt erhob und auf die gegenüberstehende Burg hinuntersah. Mit Staunen betrachtete Äneas den stolzen Königsbau, der sich da erhob, wo früher nur armselige Bauernhütten gestanden hatten, die hohe steinerne Pforte der Stadt, die breiten gepflasterten Straßen, den Lärm und das Gewühl darin. Noch aber bauten die Tyrier eifrig mit an der Stadt: Die einen waren mit den Stadtmauern beschäftigt, die andern mit der Vollendung der Burg, zu deren Höhen sie Quadersteine emporwälzten. Viele bezeichneten mit Furchen erst den Platz, auf dem sich ihr Haus erheben sollte. Der größere Teil der Einwohnerschaft war auf dem Marktplatz versammelt: Man wählte den Senat und die Richter des Volkes und beratschlagte über die Gesetze des neuen Staates. Etliche gruben bereits an den Häfen, wieder andere legten den Grund zu einem Theater und hieben dazu mächtige Säulen als Zierden der künftigen Bühne aus dem Felsen. Das Ganze war anzusehen wie ein Bienenschwarm, der eben schwärmt.

In ihrer Nebelhülle verborgen, befanden sich Äneas und sein Begleiter bald in der Mitte des beschäftigten Volkes und gingen unerkannt hindurch. Mitten in der Stadt grünte ein kleiner schöner, schattig-kühler Wald, in dem nach langen Stürmen und Meerfahrten die Phönizier oder Pöner zuerst ein Segenszeichen, das ihnen Juno sandte, ausgegraben hatten: ein Pferdehaupt, das ihnen Kriegsglück und Nahrung versprach. Hier baute die Königin Dido einen prächtigen Tempel für Juno. Stufen, Torpfosten und Türflügel, alles war aus Erz. Erst in diesem Wäldchen erfuhr der Held Äneas wieder Trost, fasste neuen Mut und gab sich in seiner verzweifelten Lage Gedanken der Hoffnung hin. Denn während er sich in dem herrlichen Tempel umschaute und über die prächtigen Kunstwerke, die sich darin befanden, staunte, stieß er auf eine Reihe von Wandgemälden, in denen die Schlachten Trojas dargestellt waren. Priamus, die Atriden, Achilles, Rhesus und Diomedes, fliehende Griechen und wieder Trojaner, der junge Troilus, von seinen Pferden geschleift, Trojanerinnen mit fliegendem Haar im Tempel der Pallas Athene, Hektors geschleppte Leiche, Penthesilea mit ihren Amazonen: Alles erkannte der Held Äneas, ja am Ende entdeckte er auch sich selbst, wie er von der Mauer herab den ungeheuren Stein auf die Feinde schleuderte.

Während er dies alles unter Schmerz und Freude mit Verwunderung ansah, näherte sich Königin Dido selbst, im höchsten Glanz jugendlicher Schönheit, von einem großen Gefolge tyrischer Jünglinge umgeben, dem Tempel. Unter dem Portal setzte sie sich, von Bewaffneten umringt, auf einen hohen Thron und teilte dem Volk, das sich um sie versammelte, teils nach Schätzung, teils durch Los die Arbeiten in der neuen Stadt aus, sprach Recht und gab Gesetze. Da sahen Äneas und Achates plötzlich mitten in dem Gewühl ihre verloren geglaubten Freunde und Gefährten, den Sergestus, den Kloanthus und viele andere Teukrer, die der Sturm von ihnen getrennt und an andere Küsten verschlagen hatte. Freude und Angst ergriff sie bei diesem Anblick. Sie sehnten sich danach, ihnen die Hände zu reichen, und doch verwirrte sie das Unbegreifliche der Sache: Sie hielten sich deswegen in ihrer Nebelhülle und warteten ab, ob sie nicht im Verlauf der Dinge das Schicksal der Freunde von ihnen selbst erfahren würden. Denn es waren, wie sie sahen, auserwählte Männer von jedem Schiff.

Die Freunde drängten sich bald aus der Menge hervor, traten in die Vorhalle des Tempels ein, und als die Königin ihnen das Wort erteilte, begann ihr Führer Ilioneus zu sprechen: „Edle Königin, wir sind arme Trojaner, die der Sturm von Meer zu Meer geschleudert hat. Unsere Flotte war unterwegs nach dem fernen Italien, als ein unvermuteter Orkan uns unter die Klippen schleuderte, wo viele unserer Schiffe ohne Zweifel zugrunde gegangen sind. Die Überbleibsel der Flotte haben eure Küste erreicht. Aber was sind das für Menschen, unter die wir geraten sind? Welches

Barbarenvolk duldet solche Bräuche? Man verwehrt uns, den Strand zu betreten; man droht mit Krieg, mit der Verbrennung unserer Schiffe. Wenn ihr von Menschlichkeit nichts wisst, so fürchtet doch wenigstens die Götter! Äneas war unser Führer – es gibt keinen größeren und frömmeren Helden! Wenn das Schicksal uns diesen Mann erhalten hat, so werdet ihr den Dienst, den ihr uns erweist, niemals bereuen. Darum gestattet uns, die lecken Schiffe an Land zu ziehen, in euren Wäldern Schiffsbalken zu zimmern und Ruder anzufertigen. Finden wir unseren König und unsere Freunde wieder, dann dürfte uns wohl die Fahrt zum verheißenen Italien glücken. Hat ihn aber die libysche Flut verschlungen und ist unsere Hoffnung dahin, nun, dann gib uns wenigstens sicheres Geleit, mächtige Königin, damit wir zu unserem Gastfreund am sizilischen Strand, von dem wir herkommen, wieder zurückkehren können."

Die Königin senkte vor den Männern den Blick auf die Erde und antwortete kurz: „Verbannt die Angst aus euren Herzen, Trojaner! Mein Schicksal ist so hart, mein Reich ist so jung, dass ich genötigt bin, die Grenzen des Landes ringsumher durch strenge Wachen sicherzustellen. Trojas Stadt aber und ihr unglückliches Volk, ihre Helden, ihren Waffenruhm, ihre fürchterliche Zerstörung kennen wir gar wohl. Unsere Stadt ist nicht so abgelegen, dass sie nichts von Trojas Schicksal wüsste. Unsere Herzen sind nicht so unempfindlich, dass es uns nicht rührte. Möget ihr euch denn Hesperien zum Wohnsitz wählen oder Siziliens Insel: In beiden Fällen seid euch meiner Hilfe gewiss; ich will euch mit allem Nötigen versehen und in Frieden ziehen lassen, es sei denn, dass ihr euch lieber hier im Land ansiedeln wollt! Wollt ihr das, so steht euch frei, eine Stadt zu gründen, und meine Gesetze sollen euch denselben

Schutz verleihen wie meinen eigenen Untertanen. Was euren König betrifft, so sende ich auf der Stelle sichere Männer an meine Ufer und im Land umher, um nach ihm zu suchen und zu sehen, ob er nicht irgendwo gestrandet in Wäldern oder in Städten umherirrt."

Als die beiden Helden in der Nebelwolke das hörten, brannten sie darauf, den Nebel zu durchbrechen.

„Hörst du es, Sohn der Göttin", flüsterte zuerst Achates seinem erhabenen Freund zu, „die Schiffe, die Freunde, alle sind gerettet; nur einer fehlt, den wir selbst ins Meer sinken sahen, sonst entspricht alles den Versprechungen deiner Mutter."

Kaum hatte er dies ausgesprochen, als die Nebelhülle verschwand. Da stand nun Äneas im Licht, wie ein Gott an Schultern und Haupt glänzend: Seine Mutter hatte ihm schöne, wallende Locken, das Purpurlicht der Jugend auf die Wangen und in das heitere Auge den Strahl der Ehre gezaubert.

Wie ein Wunder stand er da vor allen, wandte sich zur Königin und sprach: „Da bin ich, nach dem ihr verlangt, aus den Wellen Libyens gerettet, ich, der Trojaner Äneas! Edle, großmütige Königin, die du die Trümmer eines unglücklichen Volkes erbarmungsvoll in deine Stadt aufgenommen hast, keiner von allen Trojanern, die über die ganze Erde zerstreut sind, kann dir würdigen Dank bezahlen; mögen dir die Himmlischen vergelten! Selig sind die Eltern, die dich gezeugt haben! Solange die Erde steht, wird dein Name bei uns von Ruhm strahlen, welches Land uns auch rufen mag!"

So sprach Äneas und eilte auf seine Freunde zu, die Rechte, die Linke ihnen um die Wette reichend.

Als sich Dido vom ersten Erstaunen erholt hatte, sprach sie: „Sohn der Göttin, welches Schicksal verfolgt dich durch solche Gefahren? Du bist also jener Äneas, den einst Anchises, dem Trojaner, die erhabene Göttin Venus an den Wellen des Simois geboren hat! Wohl hab ich vieles von den Schicksalen deines Geschlechts und deines Volkes von meinem Vater Belus gehört. Als er in Zypern Krieg führte, kam der Grieche Teucer, Telamons Sohn, zu ihm, der dort nach dem Trojanischen Krieg eine Niederlassung gegründet hatte; dieser erzählte viel von euren Heldentaten. Er war zwar euer Feind im Krieg, aber zugleich euer Blutsverwandter, denn auch er rühmte sich, vom alten Geschlecht der Teukrer abzustammen. Seine Mutter Hesione, die Telamon als eine Kriegsgefangene von seinem Freund Herkules zum Geschenk erhalten hatte, war eine Tochter des trojanischen Königs Laomedon. Nun aber, ihr Männer, tretet getrost in unsere Häuser ein; auch ich bin eine Verbannte, auch ich fand nach langen Mühsalen erst in diesem Land Ruhe. Ich bin wohlvertraut mit dem Jammer und verstehe mich auf den Beistand Unglücklicher."

So sprach Dido und führte den Helden unverzüglich in ihren Palast, auch ordnete sie in allen Tempeln ein prächtiges Opferfest an. Das Innere der Burg wurde mit königlichem Prunk ausgeschmückt und in den schönsten Sälen des Palastes ein Festmahl zugerichtet. Kunstvolle Purpurteppiche prangten weit und breit, schweres Silber belastete die Tische, goldene Pokale mit erhabener Kunstarbeit schimmerten überall.

Äneas aber ließ seine Vaterliebe keine Ruhe. Er schickte den treuen Diener Achates schleunigst zur Flotte, um seinem Sohn Askanius die frohe Botschaft zu verkündigen und ihn selbst herzuführen. Auch allerlei Ehrengeschenke, die er aus dem Schutthaufen Trojas gerettet hatte, befahl er herbeizubringen: einen prächtigen Mantel mit goldgewebten

Bildern, den Schleier Helenas, ein Wundergeschenk ihrer
Mutter Leda, den sie aus Sparta mitgebracht hatte, den Zepter der Ilione, der ältesten Tochter des Priamus, eine Perlen-
kette und eine Krone, glänzend vor lauter Gold und Edelsteinen. Mit diesen Aufträgen eilte Achates zu den Schiffen.

Dido und Äneas

Aber die himmlische Mutter des Helden war nicht beruhigt
über sein Schicksal, sie fürchtete die doppelzüngigen Tyrer
und das betrügerische Königshaus. Auch dass Juno, Äneas'
Todfeindin, Schutzgöttin des Landes war, bereitete ihr schwere Sorge. Sie sann deswegen auf eine ganz neue List. Ihr
Sohn, der Liebesgott [Amor; bei den Griechen Eros], sollte die
Gestalt des Jungen Askanius annehmen und an seiner Stelle
in Karthagos Hofburg erscheinen. Würde nun Dido den
Jungen beim königlichen Mahl auf den Schoß nehmen und
ihn harmlos herzen und küssen, so sollte ihr Amor das heimliche Feuer und betörende Gift der Liebe einhauchen.

Der Liebesgott gehorchte dem Gebot seiner Mutter. Er
entledigte sich in aller Eile seiner Flügel und war bald dem
kleinen Julus oder Askanius täuschend ähnlich. Kurz darauf ging er, vergnügt über die Rolle, die er zu spielen hatte,
an der Hand des Achates, der keinen Betrug ahnte, der Kö-
nigsstadt entgegen. Den wahren Askanius hatte Venus im
Schlaf in ihr eigenes Gebiet, in das Wäldchen Idaliums, entführt und ihn dort in duftenden Majoran in den kühlen
Schatten gelegt.

Als Achates mit dem kleinen Gott an der Hand in Karthagos Burg eintraf, hatte sich die Königin schon auf einem
goldenen, mit kostbaren Teppichen gepolsterten Throngestell

in der Mitte des Saales niedergelassen. Äneas und die trojanischen Helden kamen von allen Seiten herbei und lagerten sich die Tische entlang auf purpurne Polster. Diener reichten Reinigungswasser und Handtücher an und langten das Brot aus den Körben hervor. Fünfzig Mägde standen in langen Reihen in der Küche vor den dampfenden Speisen an flammenden Herden. Andere hundert Mägde und ebenso viele schmucke Diener türmten die Gerichte auf die Tische und stellten die goldenen Becher vor die Gäste. Auch die Tyrier kamen jetzt scharenweise herbei und lagerten sich auf das Gebot ihrer Königin an den Tafeln. Die Geschenke des Äneas wurden herumgegeben und bewundert. Dann richteten sich alle Blicke auf den kleinen vermeintlichen Julus, der mit heuchlerischen Umarmungen sich an den Hals seines Vaters warf, seinen Mund mit Küssen bedeckte und kluge Worte dazu sprach. Besonders die arme Dido, die schon von dem Gott ihrem Verderben geweiht war, konnte sich gar nicht sattsehen und blickte bald den Jungen, bald die Geschenke mit immer funkelnderen Augen an. Der kleine Liebesgott riss sich endlich von seinem angeblichen Vater los und eilte auf die Königin zu. Diese nahm ihn auf die Arme, blickte ihn liebevoll an und herzte ihn zärtlich, ohne zu ahnen, welch ein mächtiger Gott sich an sie schmiegte. Amor aber, den listigen Befehlen seiner Mutter gehorsam, vermischte allmählich das Bild von Didos verstorbenem Mann in ihrem Geist und reizte die verblassten Gefühle in ihrem Herzen zu neuer Lebendigkeit.

Das Mahl ging zu Ende, die Gerichte wurden von den Tafeln genommen, gewaltige Weinkrüge aufgestellt und die Becher aufs Neue gefüllt. Lautes Rauschen wälzte sich durch die Säle des Palastes; die Nacht war herbeigekommen und flammende Kronleuchter hingen von den goldenen Decken herunter. Jetzt ließ sich Dido die herrlichste Schale, schwer von Gold und Edelsteinen, reichen und füllte sie bis zum Rand mit Wein; sie war längst der Mundbecher aller tyrischen Könige. Diese hielt die Königin, von ihrem Thron sich erhebend, hoch in der rechten Hand, und in diesem Augenblick verstummte der Lärm in den Sälen des Palastes.

„Jupiter", sprach sie mit feierlicher Stimme, „mächtiger Beschützer der Gastfreundschaft, lass diesen Tag den Tyriern und unseren trojanischen Freunden günstig sein und unsere späten Enkel mögen an ihn noch mit Freude denken! Auch du, Freudengeber Bacchus [*Gott des Weines; bei den Griechen Dionysos*], auch du, huldreiche Juno, sei mit uns!"

So sprach sie, goss das Trankopfer auf den Tisch aus, nippte dann von der goldenen Schale und bot sie dem tyrischen Häuptling, der neben ihr saß. Nun machte der Pokal bei Tyriern und Trojanern die Runde und derweil sang ein lockiger Sänger zur goldenen Zither sinnvolle Lieder vom Ursprung der Welt, der Menschen und der Tiere. Als der Gesang zu Ende war, hing Dido an den Lippen des erzählenden Äneas, hörte von seinem Schicksal mit pochendem Herzen und schlürfte in langen Zügen das Gift der süßen Liebe ein.

Didos Liebe betört den Äneas

Die Mimik und Worte des Helden gruben sich der Königin tief ins Herz.

Als die Gäste den Palast längst verlassen hatten und sie wenige schlaflose Stunden auf ihrem Lager zugebracht hatte, ging sie ins Zimmer ihrer geliebten Schwester und vertrautesten Freundin Anna und schüttete ihr ihr Herz aus:

„Schwester Anna", sprach sie, „mich beunruhigen meine wunderbaren Träume. Welch besonderer Gast hat unser Haus betreten! Welche Waffen, welcher Mut, welche Blicke! Man sieht ihm wohl an, dass er von den Göttern abstammt! Und welches Schicksal hat er erfahren, welche Kriege durchkämpft, welche Fahrten bestanden! Wahrhaftig, Schwester, wenn ich nicht unwiderruflich beschlossen hätte, keinen Mann mehr zu heiraten, seit der Tod mich um meine erste Liebe betrogen hat, dieser einzigen Schwäche könnte ich vielleicht unterliegen. Aber eher soll mich die Erde verschlingen, eher der Blitz mich treffen, ehe ich meinem ermordeten Mann die Treue breche; er hat meine Liebe mit sich fortgenommen, er behalte sie auch im Grab!" Tränen erstickten ihre Stimme und sie konnte nicht weitersprechen.

Ihre Schwester blickte sie mitleidig an und erwiderte: „Dido, ich liebe dich mehr als mein Leben. Willst du deine Jugend denn ganz im Witwengram verjammern? Meinst du, der Staub deines Mannes kümmert sich um deinen Verzicht? Kommt es dir denn gar nicht in den Sinn, in welchem Gebiet du haust? Dass du auf der einen Seite von kriegerischen Gätulern [*Gätuler waren Nomadenstämme, möglicherweise die Vorfahren der heutigen Tuareg.*], von unbändigen Numidierstämmen [*nordafrikanisches kriegerisches, nomadisches Reitervolk*] und ungastlichen Sandbänken, auf der anderen Seite von wasserlosen Wüsten eingeschlossen bist? Und welche Kriege drohen dir von Tyrus her, von deinem unversöhnlichen Bruder? Glaube mir, durch die Gunst unserer Schutzgöttin Juno sind die trojanischen Schiffe hier gelandet. Schwester, wie mächtig würde unsere Stadt, wie mächtig das Reich durch eine solche Vermählung werden! Wie wird sich der Ruhm der Pöner steigern, von den Waffen der Trojaner begleitet! Sei klug, liebe Schwester, opfere den Göttern, stelle Gastgebote an, umstricke die Helden mit Verzögerungen aller Art, solange ihre Flotte noch zerschellt ist und die Winde den Schiffen ungünstig."

Anna entflammte mit diesen Worten Didos glühende Seele noch mehr und brachte alle Scheu in ihrem Herzen zum Schweigen. Sie gingen zusammen in die Tempel und opferten den Göttern.

Dann führte Dido den geliebten Helden durch ihre Stadt, zeigte ihm den sidonischen Königsglanz und feierte ihrem Gast zu Ehren ein neues Mahl. Wieder herzte sie den kleinen Askanius, das Ebenbild seines Vaters, wieder konnte sie nicht genug davon bekommen, den Helden von Trojas Leiden erzählen zu hören.

Dies alles war der Göttermutter Juno vom Olymp herab nicht entgangen. Der richtige Zeitpunkt, den Helden für immer um das versprochene Italien zu betrügen und das Volk der Trojaner sich in fremden Stämmen verlieren zu lassen, schien ihr gekommen.

Sie suchte ihre Tochter Venus auf und sprach energisch, doch freundlich zu ihr: „Wahrhaftig, du und dein Sohn, ihr habt einen schönen Sieg davongetragen! Doch wozu noch mehr Streit? Lass uns ein Ehebündnis und damit ewigen Frieden schließen! Du hast, was du aus ganzer Seele wünschtest: Dido glüht vor Liebe zu Äneas. Also auf! Lass uns die Völker verschmelzen. Sie soll ihrem trojanischen Ehemann dienen und die Tyrier sollen seine Hochzeitsgabe sein."

Venus merkte die heimliche Absicht der Heuchlerin wohl; sie erwiderte aber bereitwillig: „Wie könnte ich so töricht sein, dir dieses zu verweigern, Mutter? Wie könnte ich es wagen wollen, mich in endlosem Kampf mit dir zu messen? Ich fürchte nur, Jupiter ist mit der Vereinigung der beiden Völker nicht einverstanden. Doch du bist ja seine Frau, an dir ist es, sein Herz durch Bitten geneigt zu machen. Wenn du das bei ihm erreichst, ist es mir recht."

„Lass das nur meine Sorge sein", erwiderte Juno vergnügt. „Vor allen Dingen muss der Bund geschlossen werden. Lass mich nur das Schicksal in die Hand nehmen. Wenn es erst geschehen ist, wird Jupiter sein Einverständnis nicht versagen."

Venus nickte zustimmend und freundlich, aber im Herzen verlachte sie den Betrug.

Am nächsten Morgen veranstaltete die Königin ihren fremden Gästen zu Ehren eine große Jagd. Auserwählte Jünglinge mit Schlingen, Netzen und breiten Jagdspießen verließen, von Reitern und Spürhunden begleitet, die Tore. Vor dem Palast stand der Zelter der Königin, mit Gold geschmückt und mit Purpurdecken behängt, und kaute an seinem beschäumten Gebiss. [*Ein Zelter war ein leichtes Reitpferd, ein sogenanntes Gangpferd, das die Spezialgangart Pass oder Tölt beherrscht. Dabei bleibt der Rücken des Pferdes gerade, sodass die Damen ganz ruhig auf dem Zelter reiten konnten.*] An der Pforte warteten die Pönerfürsten.

Endlich trat Dido heraus, umringt von großem Jagdgefolge. Sie trug ein bunt gesticktes sidonisches Jägerkleid, darüber einen mit goldener Schnalle geschmückten Purpurrock. Ein goldenes Diadem umschlang ihre Stirn und von der Schulter hing ihr der goldene Köcher. Vier Trojaner waren in ihrem Zug, darunter auch der muntere Julus.

Schließlich schloss sich der schönste von allen, Äneas, mit seinen vertrautesten Helden ebenfalls der Begleitung an.

Als die Gesellschaft das Gebirge erreicht hatte, zerstreute sie sich bald in der unwegsamen Wildnis. Von den Felsenkuppen sah man bald Gämsen über die Hügel heranstürzen. Auf der anderen Seite verließen Hirsche in stäubender Flucht ihre Berge, drängten sich in ängstlichen Haufen zusammen und rannten über die offenen Felder. Mitten im Tal zügelte der junge Julus sein mutiges Pferd und flog damit bald an diesen, bald an jenen Jägern vorüber. Das schüchterne Wild war ihm viel zu gering; immer hoffte er, es werde ein wütender Eber angelaufen kommen oder ein Löwe mit gelber Mähne hinter dem Hügel hervorschreiten.

Die Jäger waren so in ihre Jagd vertieft, dass sie nicht merkten, wie der Himmel sich zu verdunkeln begann. Das drohende Gewitter, das sich in den Wolken zusammenzog, entdeckten sie erst, als der Wind durch die Bäume sauste und plötzlich Regen und Hagel herniederströmten. Tyrier und Trojaner suchten überall verstreut durch Felder und Wälder verschiedenen Schutz vor dem Unwetter. Während nun angeschwollene Waldflüsse von den Bergen stürzten und ein Zufluchtsort vom anderen vereinzelt und abgeschnitten wurde, fanden sich durch Junos Zutun die Königin Dido und der Trojanerheld Äneas gleichzeitig in derselben Grotte zusammen, um vor dem immer mehr tobenden Unwetter Schutz zu finden. Mit dem Aufruhr der Natur, beim Leuchten der Blitze und dem Krachen des Donners entfesselte sich auch die bisher zurückgehaltene Neigung der Königin. Sie vergaß alle weibliche Scheu und gestand dem Helden ihre glühende Liebe. Da vergaß der betörte Äneas die göttlichen Versprechungen. Er erwiderte ihre

Zärtlichkeiten und besiegelte mit einem leichtsinnigen Schwur die Ausbrüche ihrer Leidenschaft.

Äneas verlässt auf Jupiters Befehl Karthago

Das Unwetter war vorüber, die Jagdgesellschaft hatte sich wieder zusammengefunden und Äneas kehrte an Didos Seite in die Stadt und den Palast zurück. Ein Freudenfest folgte auf das andere und keiner dachte an die Abfahrt. So kam der Winter heran.

Jetzt machte sich Fama, die Göttin des Gerüchts, auf und durchflog die Städte Libyens. Sie, ein Wesen von seltsam beweglicher Gestalt, ist die Tochter der Mutter Erde und die jüngste Schwester der Giganten. Sooft sie aus ihrer Verborgenheit hervorgeht, ist sie anfangs ganz klein und schüchtern, aber im Fortschreiten wächst sie an Kräften und Größe und erhebt sich bald in die Lüfte. Und während ihre Füße über den Boden gleiten, verbirgt sich ihr Kopf in den Wolken. Ihre Gestalt ist grässlich, ihr Kopf ganz mit Flaumfedern bedeckt: so viele Federn, genauso viele funkelnde Augen darunter; so viele Zungen und Mäuler, die nie schweigen, genauso viele immer gespitzte Ohren. Nachts fliegt sie zwischen Erde und Himmel umher, rauscht durch die Schatten und nie schließen sich ihre Augenlider zum Schlaf. Den Tag über aber lauscht sie hingekauert, bald am Giebel der Häuser, bald auf den Zinnen der Türme, und schreckt Stadt und Land mit ihrem krächzenden Ruf. Und es ist ihr einerlei, ob sie die Wahrheit verkündet oder Lug und Betrug meldet.

Dieses hässliche Wesen erfüllte auch jetzt mit mancherlei Gerüchten die Länder Afrikas und erzählte schadenfroh alles durcheinander, was geschah und nicht geschah: Ein Fremder sei gekommen, ein Mann aus trojanischem Geschlecht, Äneas mit Namen. Diesen habe sich die reizende Königin Dido zum Gemahl erkoren. Sie vergesse ihre Sorge für ihre Herrschaft, die Zügel der Regierung entglitten ihren Händen und das Paar durchschwelge in Pracht und Üppigkeit den Winter. Solche Sagen ließ die hässliche Göttin durch den Mund des Volkes gehen. Dann richtete sie ihren Lauf plötzlich nach Numidien zu König Jarbas, dessen Hand kürzlich von Dido verschmäht worden war. Diesem entflammte sie das gekränkte Herz durch ihre Zuflüsterungen zum wildesten Zorn. Er war ein Sohn Jupiters und einer libyschen Nymphe und hatte seinem Vater hundert prächtige Tempel in Numidien erbaut, wo stets geschäftige Priester opferten und die Pforten immer mit Blumen bekränzt waren.

Dieser, von dem bitteren Gerücht in Wut versetzt, warf sich jetzt vor die Altäre und flehte mit erhobenen Händen zum Himmel empor: „Allmächtiger Jupiter, dem die maurischen Völker alle dienen, siehst du das und sendest nicht deinen Blitz? Eine landflüchtige Frau, die sich mit Geld ein Städtchen gegründet hat und der ich in meinem Gebiet das Ufer zum Pflügen, das Land zum Beherrschen verliehen habe, eine solche Frau hat meine Hand verschmäht und ergibt sich nun dem glatten Trojaner und lässt den Weichling seinen Raub genießen? Und wir sind solche Narren und hören nicht auf, dir in deinen Tempeln Geschenke darzubringen, und glauben an deine Weltregierung!" So betete er und umfasste den Altar seines Vaters.

Jupiter hörte ihn und richtete seinen Blick vom Olymp auf Karthago.

49

Dann rief er seinen Sohn Merkur und sprach zornig: „Was hat Äneas im feindlichen Land zu schaffen? Dazu habe ich ihn nicht zweimal den Waffen der Griechen und so oft den Stürmen entrissen. Rom soll er mir gründen! Auf der Stelle soll er davonsegeln. Ich will es so! Und das sollst du ihm von mir verkünden."

Wie ein Vogel durcheilte der Gott mit seinen fliegenden Sohlen die Luft. Bald war er in Karthago und fand hier den Helden Äneas, wie er eben den Bau neuer Paläste überwachte. Sein Schwert funkelte von Edelsteinen, sein Mantel, den Dido selbst angefertigt hatte, glühte von Purpur. Er glich vom Kopf bis zur Sohle einem tyrischen Fürsten und nicht mehr einem Trojaner.

Da stellte sich Merkur, allen anderen unsichtbar, neben ihn und schimpfte ihm ins Ohr: „Weibersklave, hier stehst du und hast deine Bestimmung und dein Reich vergessen. Du baust einer Fremden die Stadt! Weißt du nichts mehr von deinem Sohn Askanius und von der Römerherrschaft, die du gründen sollst? Wisse, Jupiter sendet mich vom Olymp, dich zu strafen, dich fortzutreiben!"

Der Gott war entflogen, ehe sich Äneas von seiner Betäubung erholen konnte. Aber das Göttergebot hallte in seiner Seele nach und erlaubte ihm nicht mehr, an etwas anderes zu denken als an baldmögliche Flucht.

Nachdem er seinen Vorsatz von allen Seiten geprüft und erwogen hatte, rief er seine vertrauten Gefährten zu sich an einen einsamen Ort und befahl ihnen, in aller Stille die Flotte zu rüsten, die Gefährten am Strand zu versammeln, die Waffen in Bereitschaft zu halten, aber die Ursache für das alles aufs Vorsichtigste zu verheimlichen. Er selbst wolle, noch bevor Dido den vom Himmel erzwungenen Treuebruch ahne, die günstigste Stunde abwarten, um ihr so schonend wie möglich den Beschluss des Schicksals beizubringen.

Aber wer kann sich vor einem liebenden Herzen verbergen? Die Königin merkte den Betrug, war sie doch schon bange, als alles noch sicher war. Jetzt hatte ihr die tückische Fama gemeldet, dass die Trojaner ihre Flotte rüsteten und die Abfahrt vorbereiteten. Wie wahnsinnig irrte sie daraufhin in den Straßen ihrer Stadt umher.

Schließlich trat sie vor ihren Geliebten und sprach zu ihm: „Treuloser, du hofftest, dein Verbrechen vor mir zu verheimlichen und dich schweigend aus meinem Land zu schleichen. Meine Liebe, meine Hand, mein Tod kann dich nicht zurückhalten? Mitten im Winter willst du abreisen, Grausamer, und dich lieber den Nordwinden in die Arme werfen als in meinen Armen ruhen? Warum fliehst du vor mir, Äneas? Bei diesen Tränen, bei deinem Handschlag, bei unserer begonnenen Verbindung beschwöre ich dich: Wenn ich Gutes um dich verdient habe, wenn etwas an Dido dir süß war, so ändere deine Gesinnung, so erbarme dich meines sinkenden Hauses. Deinetwegen hassen mich die Völker Libyens, ja die Tyrier selbst. Deinetwegen habe ich in der Disziplin nachgelassen, die mich unsterblich machte. Gastfreund, denn Ehemann willst du nicht mehr sein und bist du nicht mehr, wem lässt du die Sterbende zurück? Soll ich warten, bis mein Bruder Pygmalion meine Mauern stürmt, bis der Numidier Jarbas mich in die Gefangenschaft führt?"

So sprach die verzweifelnde Dido. Äneas aber, von Jupiter gewarnt, zeigte keine Regung in seinem Blick und presste den Kummer ins Herz zurück.

Endlich erwiderte er kurz: „Solange ich mich selbst kenne, Königin, solange mein Geist sich in diesem Körper regt, werde ich Didos Wohltaten nicht vergessen. Glaube nicht, dass ich mich wie ein Dieb davonstehlen wollte. Wir sind nicht verheiratet, und ich bin nicht gekommen, um einen solchen Bund zu schließen. Erlaubte mir das Schicksal, eine freie Wahl für mein Leben zu treffen, so würde ich zuerst die geliebte Heimat Troja und das Haus des Königs Priamus wieder aufrichten. Aber Apollon trägt mir auf, nach Italien zu steuern; dort ist mein Herz und mein Schatz, dort ist mein Vaterland. Darf ich meinen Sohn um das zugesagte Reich betrügen? Jupiter selbst verbietet es mir! Merkur, sein Bote, ist mir leibhaftig erschienen. Deswegen quäle dich und mich nicht länger mit Klagen. Nicht freiwillig suche ich Italien auf!"

Die Königin blickte ihn von der Seite an, ließ die Augen rollen, musterte ihn schweigend von der Sohle bis zum Scheitel und brach schließlich entrüstet aus: „Keine Göttin hat dich geboren, nicht Dardanus ist dein Vorfahre [*Stammvater der Trojaner*], aus den Felsen des Kaukasus bist du entsprossen, hyrkanische Tiger haben dich gesäugt! [*Hyrkanien war ein Land, das für seine Tiger berühmt war. Es lag etwa im Gebiet des heutigen Iran.*] Hat Jupiter bei meinen Tränen auch geseufzt? Hat er nur das Auge gewendet, die Lebende beweint, bedauert? Als Bettler an den Strand geworfen, habe ich dich aufgenommen, die Flotte, die Gefährten aus dem Rachen des Todes dir zurückgegeben, dich zur Gemeinschaft meines Thrones erhoben: Und nun schützt du ein Orakel des Apollon und jetzt sogar die Ankunft eines Götterboten vor und einen Befehl der Himmlischen, als ob diesen der Treuebruch am Herzen läge! Aber gut, ich streite nicht, ich halte dich nicht. Suche dein Italien im Sturm! Wenn es noch Götter gibt, wird meine Rache dich in den Klippen finden! Mein Schatten zieht dir nach, und wenn du dafür büßt, werde ich es in der Tiefe des Hades [*Totenreich*] vernehmen!"

Darauf versagten der Unglücklichen Stimme und Atem und sie wurde von den Armen ihrer Dienerinnen aufgefangen.

Äneas fühlte sich zwar versucht, Dido zu trösten, und er war auch selbst von seiner eigenen großen Liebe zu der Königin bewegt, und doch ließ sie ihn nicht in seinem Entschluss wanken. Er blieb dem Gebot der Götter treu und ging zu seiner Flotte.

Diese war bald segelfertig, und Dido musste von der Zinne ihrer Burg mit ansehen, wie das Ufer von den Abziehenden wimmelte.

Sie rief ihre Schwester herbei und sprach zu ihr: „Anna, siehst du das Getümmel die ganze Küste entlang? Hörst du die Segel in den Lüften schwirren, siehst du, wie die Schiffer die Verdecke schmücken? Ach, hätte ich das geahnt, würde ich es auch ertragen können! Jetzt aber bitte ich dich, Schwester, tu es mir Armen zuliebe. Dich hat ja der Verräter immer geehrt, hat dir seine geheimsten Gefühle anvertraut: Geh zu ihm, Schwester, rede den stolzen Feind mit untertänigen Worten an. Frag ihn, ob ich denn etwa eine Griechin sei, die Trojas Untergang mitbeschworen hat? Ob ich die Asche seines Vaters Anchises frevelnd in die Lüfte gestreut habe, dass er beschlossen hat, solche Rache an mir zu nehmen? Rate ihm wenigstens, eine bessere Zeit zur Abreise, günstigere Winde abzuwarten. Ich verlange ja nicht, dass er auf Italien verzichtet. Ich will nur eine Frist für meine wahnsinnige Liebe, will nur Zeit und Ruhe, bis ich mein Schicksal begreifen kann und trauern gelernt habe!"

So flehte sie und die besorgte Schwester ging und trug dem Helden Didos Tränen noch einmal vor. Ihn aber vermochte kein weiteres Menschenwort zu erweichen. Ein Gott verschloss dem gefühlvollen Mann das sonst für jeden Schmerz offene Ohr.

Wie wenn Nordwinde sich abmühen, den uralten Stamm einer Eiche auszuwühlen, die Wipfel rauschen, der Stamm bebt, fallende Blätter den Boden bedecken, sie aber fest im Boden bleibt, und so hoch ihre Krone in die Luft ragt, so tief streckt sie ihre Wurzeln hinunter in die Tiefe – genau so wurde der Held von den beiden Schwestern mit Bitten bedrängt, und er fühlte auch in seinem edlen Herzen alle die Qualen; aber er blieb unbeweglich wie die Eiche.

Jetzt erst erkannte Dido den Willen des Schicksals und wünschte sich den Tod, ja, sie mochte den Himmel über sich nicht mehr sehen. Noch mehr bestärkte sie in ihrem Entschluss zu sterben das schreckliche Zeichen, das ihr der Himmel beim neuesten Opfer vor Augen stellte, bei dem der aus der Schale gegossene helle Wein sich in schwarzes Blut verwandelte. Von diesem Vorzeichen erzählte sie niemandem, selbst der Schwester nicht. Seitdem überlegte sie nur, wie sie die Ihrigen täuschen und sich auf die sicherste Weise den Untergang bereiten könnte.

Deswegen trat sie mit heiterer Miene, Hoffnung in den Augen und das grässliche Vorhaben sorgfältig verbergend, vor die Schwester und sprach: „Preise mich glücklich, liebe Anna! Ich habe ein Mittel gefunden, das mir den Treulosen entweder zurückgeben oder mich von meiner Liebe befreien muss. Eine Äthiopierin, die im Hesperidentempel die Gärten pflegt, ist hier und verspricht mir, durch ihren Zaubergesang entweder das Herz des Geliebten zu gewinnen oder mein eigenes der Liebe los und ledig zu machen. Sie hat aber dazu gewisses Handeln vorgeschrieben. Nun nehme ich selbst in einer Sache, die mich so nah betrifft, nicht gern

meine Zuflucht zu magischen Künsten. Deswegen beschwöre ich dich, liebste Schwester, errichte mir, wie die Zauberin
vorgeschrieben, im inneren Schlosshof heimlich einen
Scheiterhaufen, lege darauf die Waffen des untreuen Mannes, die er in seinen Räumen zurückgelassen hat, seine Kleidung, die Betten seines Lagers. Alle Überbleibsel des
Schändlichen möchte ich vernichten und außerdem ordnet
es die Priesterin so an."

Dido sprach und verstummte, während Totenblässe sich
über ihr Gesicht verbreitete. Ihre Schwester Anna vermutete
allerdings nicht, dass sich hinter diesem seltsamen und neu-
en Opferbrauch ein Gedanke des Selbstmords versteckte. Sie
ahnte nicht, von welcher Raserei das Gemüt ihrer Schwester
ergriffen war. Auch befürchtete sie nichts Schlimmeres als
beim Tod des ersten Mannes ihrer Schwester, des Tyriers
Sychäus, und ging, um ihren Auftrag zu erledigen.

Sobald aber der Holzstoß sich in die Luft erhob, aus Kien
[Kiefernharz] und Eichenholz aufgeschichtet, erschien die Königin selbst, schmückte ihn mit Zypressenzweigen und zog
Blumenketten rings um ihn her. Dann legte sie Schwert,
Kleidung und Bild des Äneas darauf. Ringsum standen Altäre aufgerichtet. Die fremde Scherin mit fliegendem Haar
rief alle Götter der Unterwelt an und goss einen eigenen
Höllentrank auf den brennenden Scheiterhaufen. Kräuter,
die mit Sicheln im Mondschein abgemäht worden waren,
wurden daraufgeworfen und noch allerlei Beschwörungen
vorgenommen. Dann kehrte die trauernde Königin zur letzten Nachtruhe auf Erden in ihren Palast zurück.

Äneas lag inzwischen, nachdem die Abfahrt beschlossen war, auf dem Hinterverdeck des Schiffes und schlief.

Da erschien ihm noch einmal der Gott Merkur im Traum und ermahnte ihn: „Sohn der Göttin, wie kannst du in so gefährlicher Lage schlafen? Siehst du nicht, wie viele Gefahren dich umringen? Hörst du die günstigen Westwinde nicht sausen? Betrug, grässliche Rachgier wälzt die verlassene Königin in ihrem Herzen! Wirst du nicht fliehen, solange du noch kannst?"

Erschrocken sprang der Held vom Lager auf und trieb die Gefährten zur sofortigen Flucht an.

Die Morgenröte war inzwischen angebrochen, die Königin hatte die hohe Veranda bestiegen, sah den Strand leer und die Flotte unter vollen Segeln auf der hohen See. Schmerzerfüllt schlug sie mit der Hand an ihre Brust, raufte sich die blonden Locken aus, und nach langem Wehklagen rief sie ihre Amme Barce und befahl, ihre treue Schwester Anna herbeizurufen. Sobald sie sich allein sah, stürmte sie in den inneren Hof der Burg und bestieg, vom Taumel des Wahnsinns getrieben, das hohe Gerüst, auf dem das Schwert ihres treulosen Geliebten lag. Dieses zog sie aus der Scheide und warf sich auf das Bett und die Kleider des Helden, die zuoberst ausgebreitet lagen.

Dann sprach sie von dem hohen Holzstoß herab in die einsamen Lüfte die Abschiedsworte: „Ihr süßen Überbleibsel glücklicherer Tage, nehmt dies Leben von mir, erlöst mich von aller Trauer! Dido hat ausgelebt, hat den vorgeschriebenen Lauf des Schicksals beendet. Nicht als ein kleiner Schatten wird sie zur Unterwelt hinabsteigen! Ich habe eine herrliche Stadt gegründet, habe Mauern erblickt, von mir aufgebaut, habe meinen Mann Sychäus gerächt, meinen feindseligen Bruder bestraft! In allem wäre ich glücklich gewesen, wäre der Trojaner mit seiner Flotte nicht an Libyens Küste gelandet!"

Sie konnte vor Schmerz nicht weitersprechen, drückte ihr Gesicht in die Kissen und stieß sich das Schwert in die Brust.

Auf ihr Stöhnen eilten ihre Dienerinnen aus dem Palast und sahen sie zusammengesunken, den Stahl von Blut gerötet, die Hände bespritzt. Lautes Jammergeschrei tönte durch die Räume und tobte durch die erschütterte Stadt. Mitten im Lauf – denn sie war auf den Ruf der Alten mit dem letzten Opfergerät herbeigeeilt – vernahm Anna die entsetzliche Tat. Sie schlug sich die Brust mit den Fäusten, zerfleischte mit den Nägeln ihr Gesicht und stürzte durch das Gedränge des sich sammelnden Volkes in den Hof der Königsburg hinab.

„Schwester, Schwester!", rief sie der Sterbenden schon von Weitem zu. „Was hast du getan, wie hast du mich betrogen? Warum hast du mich nicht zur Gefährtin deines Todes erwählt? Du hast mich doch getötet; das Volk, deine Väter, die ganze Stadt hast du gemordet!"

Unter solchem Wehklagen erstieg sie die Stufen des Holzstoßes und umarmte die kaum noch Atem holende Schwester, die mit Mühe den Blick erhob und deren schwarze Wunde aufs Neue zu bluten anfing. Dreimal versuchte sie vergebens, sich aufzurichten, und hauchte zusammengesunken den Geist in den Armen der Schwester aus.

ZWEITER TEIL

Der Tod des Palinurus · Landung in Italien · Latinus · Lavinia

Obwohl ihm von den Göttern selbst befohlen worden war, Dido zu verlassen, musste Äneas ihr Ende, das sein Leichtsinn herbeigeführt hatte, mit neuen Irrfahrten und wiederholten Unglücksfällen büßen. Ein Sturm verschlug ihn zurück nach Sizilien, wo er von König Acestes, dessen Mutter eine Trojanerin war, gütig aufgenommen wurde. Hier feierte er Leichenspiele für seinen Vater Anchises, als der Tag sich jährte, an dem er ihn bei Drepanum begraben hatte.

Während der Feierlichkeiten warfen die trojanischen Frauen, die genug hatten von der langen Seefahrt und von Junos Botin Iris dazu angestiftet wurden, Feuer in die Flotte, sodass vier der schönsten Schiffe verbrannten; die übrigen rettete Jupiter durch einen Regenguss.

In der folgenden Nacht erschien dem kummervollen Helden Äneas sein Vater Anchises im Traum und brachte ihm Jupiters Befehl, die älteren Frauen und Männer in Sizilien zurückzulassen und selbst mit dem Kern der Mannschaft nach Italien zu segeln.

Äneas gehorchte Jupiters Worten. Er gründete zu Ehren seines königlichen Gastgebers die Stadt Acesta in Sizilien und besiedelte sie mit den Alten seiner Flotte. Er selbst brach mit den kräftigsten Männern und allen jungen Frauen, Jungen, Mädchen und Kindern der Trojaner auf und verließ die Küste. Diesmal gewährte ihm Neptun [*Poseidon*], durch die Bitten der Liebesgöttin besänftigt, sicheres Meer und glückliche Fahrt.

Schließlich wurden sie bei dem günstigen Wind und blauen Himmel so sorglos, dass selbst die Ruderer sich in einer heiteren Nacht unter ihre Ruderbänke legten und in tiefen Schlaf fielen. Der verführerische Gott des Schlafes hatte sich von den am hellen Nachthimmel funkelnden Sternen herabgesenkt. [*Der römische Gott des Schlafes war Somnus. Bei den Griechen hieß er Hypnos; sein Name ist uns bis heute geläufig.*] Er nahte sich in der Gestalt des Helden Phorbas sogar dem wachsamen Steuermann Palinurus, der auf dem hohen Verdeck am Steuer saß:

„Sohn des Jasius", sprach er leise zu ihm, „siehst du nicht, wie das Meer die Flotte von selbst vorwärtstreibt und die sanft wehende Luft dich einlädt, dir endlich auch einmal ein Stündchen Ruhe zu gönnen? Leg dich doch nieder und schließe deine müden Augen. Komm, lass mich ein wenig deine Arbeit für dich übernehmen!"

Palinurus konnte kaum seine Augen offen halten und sprach: „Was sagst du da? Ich soll das tückische Meer nicht kennen, wenn es Ruhe heuchelt, und ihm vertrauen? Ich, den der heitere Himmel so oft betrogen hat!"

So sprach er und klammerte sich ans Ruder, indem er sich zwang, seine Augen auf die Sterne zu richten. Aber der Gott träufelte ihm mit einem Zweig ein paar Tropfen von Lethe auf seine Schläfe und plötzlich schlossen sich Palinurus' Augen. [*Lethe war einer der Flüsse der Unterwelt. Der Name bedeutet „Vergessen". Wer in die Unterwelt eingehen sollte und aus dem Fluss Lethe trank, verlor die Erinnerung an sein Leben. Wir finden das Wort heute noch in „Lethargie" oder „lethargisch".*] Dann zerbrach der Gott die Planken am Steuer und gab dem Schlafenden einen Stoß, sodass er mitsamt dem Ruder kopfüber in die Wellen stürzte. Der Schlaf erhob sich wie ein Vogel in die Luft. Der arme Steuermann erwachte im tosenden Meer und rief umsonst um Hilfe, denn seine Gefährten schliefen alle.

Die Flotte verfolgte unterdessen, unter dem versprochenen Schutz des Meergottes, auch ohne Steuermann ihren Weg, und endlich war Italiens Küste erreicht. Äneas segelte die Küste entlang und landete schließlich im Hafen von Kajeta. Damals hieß die Stadt noch anders und erhielt den Namen erst von Äneas' alter treuer Amme. Sie hieß nämlich Kajeta, starb dort nach der Landung und wurde an diesem Ort feierlich beigesetzt, bevor der Zug der Flüchtlinge sich wieder in Bewegung setzte. [*Die Stadt heißt heute Gaeta.*]

Äneas und seine Gefährten gelangten schließlich in den Hafen von Ostia. Hier sah er vom Meer aus einen Wald, aus dem der Fluss Tiber sich unter reißenden Wirbeln seine Bahn ins Meer brach, während bunte Singvögel ihn genauso umflatterten wie den Wald.

Das italische Gebiet, in dem sich die trojanischen Auswanderer nun befanden, war das alte Latium, das Gebiet der Laurenter. Seine ruhigen Städte und Felder beherrschte ein schon alternder König mit Namen Latinus, ein Sohn des Faunus und ein Urenkel des Gottes Saturnus. [*Faunus war der Gott der Natur und des Waldes. Seine Aufgabe war der Schutz der Bauern, der Hirten und deren Vieh. Saturnus wiederum war der Gott der Aussaat. Latinus war also ein sehr naturverbundener König.*] Das Schicksal hatte diesem Fürsten keinen Sohn gegönnt. Aber um seine einzige schöne Tochter Lavinia warben viele Fürstensöhne aus Latium und ganz Italien, allen voran Turnus, der schönste aller Jünglinge, der Sohn des Rutulerkönigs Daunus. Und ihn zog Lavinias Mutter, Königin Amata, allen anderen vor.

Es gab aber erschreckende Zeichen der Götter, die sich dieser Verbindung entgegenstellten. In den hohen Höfen der latinischen Königsburg stand ein Lorbeerbaum, den der alte König schon angetroffen und dem Phöbus geweiht hatte, als er den Palast gründete. Nun besetzte plötzlich den Gipfel des Baumes ein dichter Bienenschwarm, der mit lautem Gesumse durch die heitere Luft herbeigeflogen kam. Eng aneinandergeklammert hing der ganze Schwarm wie eine Blumendolde plötzlich aus den grünen Ästen des Baumes herunter. Man rief einen Wahrsager herbei, der das Zeichen deuten sollte.

Dieser sprach: „Ich sehe einen Mann und ein Heer aus dem Ausland herbeiziehen, aus einer fernen Gegend. Und ihn sehe ich hoch in dieser Burg herrschen!"

Und wiederum geschah ein neues Zeichen. Als Lavinia mit ihrem Vater am Altar stand und dieser die Opferflamme anfachte, da schien es, als fingen ihre Locken Feuer und als brenne ihr Haar. Es schien, als glühe die Krone aus Gold und Edelsteinen und verstreue, in Rauch und Flammen gehüllt, Glut durch den ganzen Palast. Das wurde nun vollends für ein bedeutsames und grausiges Wunder gehalten. Die Deutung der Seher lautete: Lavinia selbst gehe zwar einem herrlichen Schicksal und großem Ruhm entgegen, aber dem Volk wurde durch dieses Zeichen ein fürchterlicher Krieg vorausgesagt. Latinus befragte darüber das Orakel seines Vaters Faunus. Aber auch dieses wahrsagte ihm einen fremden Schwiegersohn, aus dessen Stamm ein Geschlecht erwachsen werde, dem die Herrschaft der ganzen Welt bestimmt sei.

Währenddessen streckte sich Äneas mit seinem Sohn Julus und den übrigen Trojanerfürsten am Ufer des Tiber unter einem hohen, schattigen Baum nieder und bereitete ein Mahl. In der Eile nahmen sie sich nicht einmal die Zeit, ihr Geschirr aus den Schiffen herbeizuholen, sondern sie buken breite Weizenkuchen, die ihnen statt der Tische und Teller dienten und auf denen sie die Speisen ausbreiteten. Als der kleine Vorrat, den sie mit an Land gebracht hatten, verzehrt, aber ihr Hunger noch nicht gestillt war, nahmen sie die Teller und Tische aus Weizenmehl und bissen herzhaft hinein.

Da sagte der kleine Julus lachend: „Wir essen ja unsere eigenen Tische!" Dieser Scherz klang allen bedeutungsvoll im Ohr.

Freudig sprang Äneas auf und rief: „Heil dir, du fremdes Land! Du bist mir vom Schicksal versprochen worden! Auf heitere Weise wird erfüllt, was uns die Harpyie Celaeno als etwas Entsetzliches prophezeit hatte. Sie krächzte, der werde uns an unbekannten Ufern dazu zwingen, die eigenen Tische zu essen. Es ist also geschehen, der Spruch hat sich erfüllt, von dem auch mein Vater Anchises mir geweissagt hatte. ‚Wenn dies geschieht', so sprach er, ‚dann ist das Ende der Mühseligkeiten da, dann baut Häuser!'"

So durchstreiften sie also das fruchtbare Land, stießen bald auf Siedlungen und erkundigten sich nach dem Volk und König des Landes. Schnell wurde beschlossen, Boten an Latinus, den König der Laurenter, zu schicken.

Lavinia wird Äneas versprochen

Äneas wählte aus allen Schiffen der Flotte die ausgezeichnetsten Männer, hundert an der Zahl, als Redner oder Gesandte, die an den Laurenterkönig geschickt werden sollten. Diese traten – zum Zeichen des Friedens und um Schutz

Bittende mit bebänderten Ölzweigen in den Händen – die Reise an und gelangten bald in die Stadt der Latiner.

Vor der Stadt tummelte sich die Jugend Latiums zu Wagen und zu Pferd, andere vergnügten sich mit Wurfspießwerfen und Bogenschießen, mit Faustkampf und Wettrennen.

Als nun die fremden Gesandten kamen, eilte ein Bote zu Pferd in die Stadt voran und brachte dem alten König die unerwartete Botschaft, dass eine Schar großer Männer friedlich herannahe. Der König befahl sogleich, sie in seinen Palast zu rufen, und versammelte seine ganze Familie um den Thron seiner Ahnen.

Der Palast des Königs war groß und herrlich, in der obersten Burg der Stadt gelegen. Hundert Säulen trugen ihn und ein heiliger Wald umringte ihn mit hohen, Ehrfurcht gebietenden Bäumen. Im Inneren des Palastes saß Latinus auf einem erhöhten Thron und befahl die Trojaner vor sich.

Als sie eingetreten waren, sprach er freundlich: „Euer Geschlecht ist mir nicht unbekannt, ihr Dardaniden, und ihr wurdet mir angekündigt, als ihr noch auf dem Meer umherirrtet. Mögt ihr nun durch Stürme hierherverschlagen oder absichtlich gekommen sein: Wisst, dass ihr an einer gastlichen Küste gelandet seid. Erkennt in uns Latinern das harmlose Geschlecht des Saturnus, das ohne Zwang und Gesetz Recht übt und den alten, frommen Gebräuchen des Gottes mit edler Freiheit folgt! Auch erinnere ich mich wohl noch, obgleich die Sage durch viele Jahrhunderte verdunkelt ist, dass euer Ahnherr Dardanus aus unserer Gegend abstammen soll."

Ilioneus, der von allen zum Sprecher ausersehen war, erwiderte: „Kein Orkan hat uns an deine Küste gezwungen, erhabener Sohn des Faunus, kein Stern hat uns in die Irre geleitet! Aus freiem Willen erreichten wir dein Ufer und bewusste Absicht hat uns hierhergeführt. Wir sind aus einem herrlichen Reich vertrieben worden und der Erzvater unseres Geschlechts ist Jupiter selbst. Auch unser Fürst und Anführer Äneas, der Sohn der Göttin Venus, ist Jupiters Enkel, und er selbst hat uns in deinen Palast gesandt. Den Sturm, der Troja niedergerissen hat, kennt alle Welt; auch dir ist er nicht unbekannt geblieben. Dieser Verwüstung sind wir entflohen und flehen euch um einen Fleck an, wo wir die Götter unserer Heimat aufstellen können, um ein sicheres Ufer, um Wasser und Luft, die ein gemeinsames Gut aller Sterblichen sind! Italien wird es nie bereuen, Troja in seinen Schoß aufgenommen zu haben, stammt doch Dardanus von hier und ruft uns hierher zurück. Auch trieb uns ein besonderes Gebot der Götter, dieses Land aufzusuchen. Damit du aber erkennst, o König, dass wir wirklich diejenigen sind, für die wir uns ausgeben, verehrt dir unser Anführer Äneas die Geschenke, die wir für dich mitgebracht haben und die freilich nur kleine Überbleibsel aus Trojas Brand sind: diesen goldenen Pokal, aus dem der Vater unseres Helden, Anchises, sein Trankopfer zu verrichten pflegte; dies Gewand des hohen Königs Priamus, das er trug, wenn er dem zusammengerufenen Volk Recht sprach, und schließlich seinen heiligen Kopfschmuck, seinen Zepter und andere Gewänder, die kunstvolle Arbeit trojanischer Frauenhände."

Während Ilioneus sprach, hatte der alte König Latinus die Augen unbeweglich zu Boden gesenkt wie tief in Gedanken versunken. Er schenkte den herrlichen Gaben wenig Beachtung, die die Gesandten vor den Stufen seines Thrones ausbreiteten. Tief bewegte er in seinem Herzen den Orakelspruch seines Vaters Faunus. Auf einmal wurde ihm klar:

65

Äneas und kein anderer war der verheißene Bräutigam seiner Tochter, der als Herrscher des Reiches ausersehen war. Aus ihm werde das Geschlecht aufsprießen, das bestimmt sei, über die ganze Erde zu herrschen.

Da erhellte sich seine Miene, er schaute auf und sprach: „Mögen die Götter unser Werk und ihre Verheißung segnen! Ich gewähre eure Wünsche, Trojaner, und eure Geschenke nehme ich an. Nur soll Äneas selbst zu mir kommen und sich vor dem Blick eines Freundes nicht scheuen. Ihr aber überbringt ihm mein Angebot: Ich habe eine einzige Tochter. Durch das Orakel meines Vaters und andere Wunderzeichen ist es mir nicht vergönnt, sie mit einem einheimischen Mann zu vermählen. Nach der Weissagung soll der Mann meiner Tochter aus dem Ausland kommen."

Nach diesen Worten ließ der alte König aus seinem herrlichen Stall, in dem dreihundert der edelsten Pferde standen, für jeden Trojaner ein mit Purpur gedecktes Pferd herbeiführen; goldene Ketten hingen ihnen bis an die Brust hinab, Geschirr und Zaum waren aus Gold. Dem Äneas selbst aber sandte er einen Wagen samt einem Doppelgespann, schnaubende Pferde, aus unsterblichem Samen gezeugt.

Juno entfacht einen Krieg · Amata · Turnus · Die Jagd der Trojaner

Dieses Glück des Äneas konnte seine Feindin Juno nicht mit gleichgültigen Augen betrachten. Sie rief die Furie Alecto aus der Unterwelt herauf, um die Eintracht im Keim zu zerstören. [*Die Furien – bei den Griechen Erinnyen – waren drei Rachegöttinnen. Alecto war eine von ihnen, „die niemals Ruhende". Sie*

66

hatte die Fähigkeit, Streit und Krieg zu verursachen. Die Furien wer-
den oft mit Schlangenhaaren dargestellt.]

Alecto schwebte zuerst nach Latium in Königin Amatas
Räumlichkeiten. Amata war unruhig über die Ankunft der
Trojaner. Sie sorgte sich um die Vermählung ihrer Tochter
mit dem Rutulerfürsten Turnus. Alecto nahm eine Schlange
aus ihrem Haar und warf sie der Königin auf die Brust, damit
diese, durch den Biss der Schlange verwirrt, das ganze Haus
in Aufruhr versetzen sollte. Das Tier schlängelte sich sofort in
Amatas goldenen Halsring, in ihren langen Schleier und ihren Haarschmuck. So durchschlüpfte und umwand sie alle
Glieder der Königin. Zu gleicher Zeit träufelte sie unbemerkt
ihr Gift auf die Haut, und dieses fing an, Amatas Körper zu
durchrieseln. Solange es noch nicht bis ins Mark der Kno-
chen vorgedrungen war, zeigte sich noch nicht seine volle
Wirkung. Es äußerte sich wie natürliche Gemütsbewegungen.

Amata fing an zu weinen und über die Vermählung ihrer
Tochter zu klagen: „Mein grausamer Mann", sagte sie zu
sich selbst, „du hast weder mit mir noch mit deiner Tochter
Mitleid! Wo ist deine frühere Sorge um deine Familie, wo
das heilige Wort, das du so oft deinem Verwandten Turnus
gegeben hast? An heimatlose Flüchtlinge verschenkst du
unser Kind!"

Solche Klagen richtete sie auch an ihren Mann selbst.
Aber erst als sie ihn unwiderruflich an seinem Beschluss
festhalten sah, durchströmte das Schlangengift der Furie sie
ganz, und sie tobte wie wahnsinnig durch die Stadt.

Nun war Alecto zufrieden, denn hier hatte sie das Werk,
das Juno ihr aufgetragen hatte, vollbracht. Sofort schwang
sie sich in die Hauptstadt der Rutuler, die Jupiters Geliebte
Danaë gegründet haben sollte und die von alters her Ardea
hieß. Hier fand sie im Innersten des Königspalastes den

Fürsten Turnus in tiefem Schlaf. Da legte Alecto ihre Furienkleider ab und nahm die Gestalt einer alten Frau an, mit hässlichen Falten auf der Stirn und unter dem Schleier hervorquellenden grauen Haaren, um die sich ein Olivenzweig schlang. So glich sie ganz und gar der greisen Calybe, der Tempelpriesterin Junos.

In dieser Gestalt trat sie vor den schlummernden jungen Mann und sprach: „Ist es möglich, Turnus, dass du ohne Zorn mit ansehen kannst, wie deine ganze Hoffnung zunichte gemacht und der Zepter, der dich erwartete, an trojanische Landfahrer verschenkt wird? Juno selbst schickt mich zu dir: Du sollst dein Volk bewaffnen, sollst zum freudigen Kampf aus den Toren ziehen, den Phrygiern [*Trojanern*] ihre bunten Schiffe am Strand verbrennen und sie selbst vernichten!"

Lachend erwiderte im Traum der Junge: „Alte, dass die Trojanerflotte in den Tiber eingelaufen ist und Juno an mich denkt, wusste ich schon längst. Das andere sind Schreckensbilder, mit denen dich dein Alter quält. Kümmere du dich um die Götterbilder und den Tempel! Überlasse Krieg und Frieden den Männern!"

Die Furie durchbebte ein Zorn bei diesen Worten, den der junge Mann auf der Stelle fühlte. Er hörte das Zischen ihrer bösen Schlangen und sein Blick erstarrte. Er wollte noch mehr hinzufügen, als die nächtliche Gestalt, plötzlich übermenschlich groß geworden, ihn mit einem Stoß auf sein Lager warf. Sie zog zwei Schlangen aus ihrem Haar hervor und fing an, mit ihnen wie mit einer Peitsche zu klatschen.

Dazu sprach sie mit schäumendem Mund: „Meinst du immer noch, ich sei eine kraftlose alte Frau und verstünde nichts vom Krieg der Könige? Erkenne die Rachegöttin in mir, die Krieg und Tod in ihrer Hand trägt!"

In diesem Augenblick warf sie ihre Fackel, die sie in ihrer

Furienhand geschwungen hatte, Turnus auf die Brust, sodass die schwarze, qualmende Flamme ihn verbrannte. Seinen Körper überströmte Schweiß.

„Waffen!", schnaubte er noch, bevor er ohnmächtig wurde. Und Waffen suchte er, als er wieder zu sich kam. Rasende Kriegswut tobte in seiner Brust wie kochendes Wasser im Kessel über dem Feuer.

Sobald der Morgen angebrochen war, schickte er nach den Häuptlingen seines Volkes und befahl ihnen, zu den Waffen gegen den treulosen König Latinus zu greifen und sich zum Kampf gegen beide, Latiner und Trojaner, zu rüsten.

Während so Turnus den Mut seiner Landsleute anstachelte, flog die Furie zuletzt auch noch an den Tiberstrand, wo Julus mit seinen Begleitern in den dichten Uferwäldern eben auf die Jagd nach Wild ging. Hier beseelte Alecto die Spürhunde mit plötzlicher Wut, berührte ihre Nasen mit dem bekannten Geruch und jagte sie ganz hitzig einem Hirsch nach.

Dieses Tier war besonders herrlich, mit prächtigem Geweih. Die Söhne des Hirten Tyrrhus, der der Oberhirte über König Latinus' Herden war, hüteten ihn, denn er war vom Euter seiner Mutter weggenommen und in den Wäldern des Königs aufgezogen worden. Die Tochter des Tyrrhus, Silvia, hatte das Tier gezähmt. Sie kämmte es, wusch es in einer Waldquelle und schmückte sein Geweih mit weichen Blumenkränzen. Es ließ sich willig von ihr streicheln, war an den Tisch seines Herrn gewöhnt, lief frei in den Wäldern umher und stellte sich jeden Abend freiwillig in der Wohnung des königlichen Hüters ein.

Auf die Spur dieses schönen, zahmen Hirsches führte nun die Furie Julus' Hunde, während das Tier den heißen Ufersand verlassen hatte und zur Abkühlung den Tiber

69

hinabschwamm. Julus fasste das herrliche Wild ins Auge, drückte den Pfeil vom Bogen ab und sandte ihn tief in das Fleisch des Hirsches.

Der Verwundete fuhr aus dem Wasser, kam blutig zum Haus seines Herrn, schleppte sich ächzend in den Stall und erfüllte wie ein um Mitleid Flehender das ganze Haus mit Gewinsel. Jammernd entdeckte zuerst Silvia ihren Liebling und rief mit lautem Geschrei die Bauern der Umgebung zu Hilfe. Diese kamen mit angebrannten Pfählen und Keulen bewaffnet.

Tyrrhus selbst rief seinen Gesellen herbei, der eine stämmige Eiche mit dem Beil spaltete. Und als Alecto den richtigen Zeitpunkt gekommen sah, stellte sie sich in den Hof des Gebäudes und ließ durch das gewundene Horn den lauten Hirtenruf in die Gegend hinaustönen.

Von allen Seiten strömte jetzt tobendes Bauernvolk herbei, aber auch dem Julus kam die trojanische Mannschaft zu Hilfe. Bald waren es auf der anderen Seite auch nicht mehr nur mit Prügeln bewaffnete Haufen. Es hatten sich zwei ordentliche Schlachtreihen gebildet; Schwerter wurden gezogen, Bogen gespannt.

Der erste Pfeilschuss vonseiten der jagenden Trojaner, die sich gegen die anstürmenden Feinde zur Wehr setzten, traf den ältesten Sohn des Tyrrhus, Almo, in die Kehle. Nun begann ein allgemeines Gemetzel unter den Hirten.

Der ehrlichste und reichste Bauer in ganz Latium, der alte Galäsus, der fünf Rinder- und fünf Schafherden besaß und hundert Pflüge über seine Äcker gehen hatte, war aus den Scharen des Bauernvolkes hervorgetreten, um den Frieden zu vermitteln. Aber er wurde nicht angehört, und ein Pfeilregen bedeckte ihn, unter dem er starb.

Jetzt stürzten die überwältigten Hirten aus dem Kampf in

die Stadt und trugen ihre Erschlagenen – Almo, Galäsus und viele andere – wehklagend durch die Tore. Sie riefen die Götter laut um Hilfe an, eilten auf den Königspalast zu und versammelten sich um Latinus, ihren Herrn.

Auch Turnus fand sich schreiend und tobend ein, mit der lauten Anklage, dass die Herrschaft des Landes an die Trojaner verraten werde.

So umringten sie alle, in Klagen und Lärm wetteifernd, die Königsburg. Latinus aber stand unbeweglich wie ein Fels im Meere. Dennoch vermochte er dem blinden Toben auf Dauer nicht Widerstand zu leisten.

„Weh mir", rief er endlich, „ich fühl es wohl, uns reißt der Sturm fort! Armes Volk, du wirst, gegen den Willen der Götter kämpfend, diesen Frevel mit deinem eigenen Blut büßen! Auch du, Turnus, wirst dem Strafgericht des Himmels nicht entgehen! Ich aber glaubte, schon im Hafen zu sein, und hoffte, in Ruhe zu enden, nun gönnt ihr mir nicht einmal einen friedlichen Tod!"

Der Götterkönigin Juno, der Feindin Trojas, dauerte die Verzögerung zu lange. In der Latinerstadt stand ein Tempel des Krieges mit zweifachen Pfosten, von hundert eisernen Riegeln verschlossen. Sein Hüter war Janus, der uralte Stadtegott der Latiner.

Wenn die Häupter des Volkes blutigen Kampf auf Leben und Tod beschlossen, so öffnete der König selbst im feierlichen Kriegsgewand die knarrenden Pfosten. Dazu ermahnte das Volk jetzt auch seinen König Latinus. Er aber verweigerte diesen gräßlichen Dienst und verbarg sich in der tiefsten Einsamkeit seines Palastes. Da schwang sich Juno selbst vom Himmel herunter, stieß mit eigener Götterhand an die widerstrebenden Pfosten, drehte die Angeln und donnernd brachen die eisernen Pforten des Kriegstempels auseinander.

Ausbruch des Krieges · Äneas sucht Hilfe bei Euander

Ganz Italien, so ruhig und friedsam es vorher war, geriet in plötzlichen Brand. In allen Häusern wurden die Schilde poliert, die Speere gespitzt, die Äxte am Schleifstein gewetzt. Die Trompeten riefen zum Marsch und die Fahnen flatterten. Alle Männer griffen zu den Waffen, die einen zogen zu Fuß ins Feld, die andern wirbelten hoch zu Pferd den Staub des Weges auf, Streitwagen flogen hinter schnaubenden Pferden her, die Ebenen glänzten von Gold und Eisen, von Panzer und Schwert. Aus allen Städten Hesperiens [*hier: ein anderer Name für Italien*] kamen die ersten Sprösslinge der alten Heldengeschlechter hervor, deren Ahnen zum Teil Götter und Göttersöhne waren.

Unter den Ersten schritt in männlicher Schönheit Turnus voran, seine prächtigen Waffen in der Hand, einen ganzen Kopf größer als die anderen. Ein dreifacher Busch wehte von seinem Helm, auf dessen Kuppel die glutatmende Chimära abgebildet war. [*Chimära war ein feuerspuckendes Mischwesen aus Löwe, Ziege und Drache.*] Sein Schild zeigte Io, wie sie gerade zur Kuh wird, ihren Hüter Argus und ihren Vater Inachus, der den Strom aus der Urne gießt.

Hinter Turnus und seinen Helden drängten sich die Latiner und Rutuler, Aurunker, Sikaner und eine Menge ausonischer Völker. Da gingen beschildete Fußgänger, vor allen Mezentius mit seinem Sohn Lausus, Aventinus, der Sohn des Herkules und der Rhea, Katillus und Koras, die Brüder des Tiburtus aus Tibur, und viele andere. Dann kam die Reiterei der Volsker, schimmernd in Erzpanzern, geführt von ihrer jungen Fürstin Kamilla. Diese hatte mit ihren weiblichen Händen nie gewebt, sondern war im rauen Männerkampf aufgewachsen. Auf ihrem Pferd hatte sie mit den Winden um die Wette laufen gelernt. Sie flog so schnell dahin, dass sie über die Felder gesprengt wäre, ohne ein Hälmchen zu berühren, ohne eine Ähre zu knicken, und über das Meer, ohne die Sohlen zu benetzen. Alt und Jung blickte ihr verwundert nach, wie sie mit ihrer Schar durch Städte und Dörfer zog, den königlichen Purpur über die runden Schultern geworfen, das reiche Haar mit einer goldenen Nadel hochgesteckt, Köcher und Bogen auf der Schulter und die scharfe Lanze in der Hand.

Diese gewaltigen Kriegsrüstungen bereiteten Äneas und seinen Trojanern schwere Sorgen. Da erschien Äneas im Traum der Flussgott Tiberinus und stieg in meerblauem Gewand, die Haare mit einem Schilfkranz umwunden, zwischen Pappelstauden in Greisengestalt aus dem Strom empor.

„Göttlicher Held", sprach er, „verzage nicht! Der Groll der Himmlischen gegen dich ist verschwunden. Damit du nicht meinst, ich sei nur ein Traum, will ich dir ein Zeichen geben. Unter den Eichen des Ufers wirst du ein großes Mutterschwein finden, das dreißig Frischlinge geboren hat: Dort ist die Stelle, wo in dreißig Jahren dein Sohn Julus die verheißene Stadt Alba, Roms Mutterstadt, gründen wird. Für jetzt aber höre, wie du dich gegen die Gefahr zu schützen hast, die dich bedroht. Nicht weit von hier, im Tuskerland, haben sich arkadische Pelasger, vom alten König Pallas abstammend, unter ihrem Fürsten Euander angesiedelt und auf einem hohen Hügel die Stadt Pallanteum nach dem Namen ihres Ahnherrn gegründet. Obwohl es Griechen sind, darfst du sie doch nicht meiden, denn es sind unversöhnliche Feinde des Latinervolks. Mit diesen sollst du dich verbünden und sie werden deine Kampfgefährten werden. Opfere der Göttermutter Juno, sobald du erwachst, und überwinde ihren Zorn durch Demut. Danach begib dich auf den Weg zu Euander."

Der Gott verschwand, und als Äneas aufgewacht war, befolgte er seinen Rat. Zwei Schiffe wurden aus der Flotte ausgewählt und mit auserlesenen Freunden bemannt. Noch ehe Äneas mit ihnen aufbrach, erfüllte sich das verkündigte Zeichen: Am Saum des Waldes, unter einer mächtigen Eiche, schneeweiß schimmernd, erblickte man ein Schwein mit dreißig Jungen.

Äneas befolgte die Mahnung des Stromgottes und opferte die Mutter und ihre ganze Zucht der mächtigen Göttin Juno und versöhnte durch ein so herrliches Opfer ihr grollendes Herz. Dann schiffte er sich auf dem Tiber ein, der, vom Flussgott gebändigt, glatt und eben dalag wie der Spiegel eines Landsees. Die Wellen selbst staunten, und der Uferwald wunderte sich, als sie bunte Verdecke und Männer mit hellen Schilden den Strom fast ohne Ruderschlag heraufziehen sahen. Jene aber fuhren Tag und Nacht durch lange Krümmungen zwischen grünen Wäldern auf dem spiegelglatten Wasser dahin.

Endlich, am anderen Morgen, sahen sie von ferne Mauern, Häuser und eine Burg auf hohem Berg. Sogleich drehten sie Richtung Ufer, zum Fuß des Berges, auf dem die Stadt Pallanteum lag.

Es war gerade der Tag, an dem der Arkadierkönig Euander, seinen Sohn Pallas an der Seite, mit dem Kleinen Rat seiner Stadt und den angesehensten jungen Männern in einem benachbarten Wald dem Herkules ein feierliches Opfer darbrachte. Weihrauch und Blut dampften auf den Altären und das Opfermahl hatte schon begonnen. Als nun die Arkadier die großen Schiffe zwischen den dunklen Uferwäldern unter leisem Ruderschlag herbeischwimmen sahen, erschraken sie und wollten das Mahl beenden. Doch der mutige junge Pallas verbot ihnen, das Fest zu unterbrechen.

74

Er selbst ergriff seine Lanze, rannte den Fremden entgegen und rief noch vom Hügel hinab: „Was führt euch auf diese ungewohnte Bahn, ihr Männer, woher seid ihr? Wohin wollt ihr? Bringt ihr uns Krieg oder Frieden?"

Äneas antwortete von dem hohen Verdeck seines Schiffes, indem er das Zeichen des Friedens, den Olivenzweig, hoch in der ausgestreckten Rechten hielt: „Trojaner siehst du, Junge. Männer, zum Kampf mit den Latinern gerüstet, die uns Flüchtlinge mit Waffengewalt aus ihrem Land vertreiben wollen. Wir kommen zum König Euander, um ihn um sein Bündnis und um Hilfe zu bitten."

Als Pallas den großen Trojanernamen hörte, staunte er und rief in freudiger Bestürzung: „Willkommen, Gast, wer du auch seist, tritt vor meinen Vater und nimm mit unserer Wohnung vorlieb!"

Pallas hatte den Ausgestiegenen mit Handschlag begrüßt, und bald wiederholte der Held sein Gesuch vor dem König der Arkadier, ohne jedoch sich selbst zu nennen.

Jener aber hatte Augen, Gesicht und Gestalt des Redenden lange scharf gemustert und erwiderte endlich: „Wie gern nehme ich dich auf, tapferer Sohn Trojas. Dein Geschlecht, dein Name verbergen sich mir nicht. Wort, Stimme und Gestalt deines großen Vaters Anchises steigen wieder in meiner Seele auf. Ich erinnere mich noch gut an den Fürsten Priamus, als er mit seinen Helden auf der Fahrt nach Salamis, dem Reich seiner Schwester Hesione, Telamons Frau, auch durch unser Arkadien gezogen kam. Mir spross damals der erste Flaum um die jungen Wangen, und mit Ehrfurcht betrachtete ich den König und die Häupter seines Volkes, vor allen aber den herrlichen Anchises. Ich konnte mich nicht beherrschen, ihn anzureden und ihm die Hand zu reichen. Er folgte mir als Gast in unsere Wohnung, und beim Abschied verehrte er mir Köcher und Pfeile, ein golddurchwebtes Kriegsgewand und zwei vergoldete Zäume, prächtige Gaben, die jetzt mein Sohn Pallas besitzt. Darum dürft ihr euch als meine Verbündeten betrachten, und morgen früh schon sollt ihr, verstärkt durch unseren Beistand, zu eurem Lager zurückkehren. Unterdessen begeht mit uns dieses schöne Jahresfest, das wir nicht verschieben dürfen."

So sprach er, ließ die schon aufgeräumten Becher und Speisen wieder zurückbringen und die Trojaner auf den Rasenbänken Platz nehmen. Äneas selbst aber führte er zu einem herrlichen gepolsterten Sessel aus Ahorn, über den ein zottiges Löwenfell gebreitet war. Der Priester des Altars und auserwählte junge Männer brachten geröstetes Fleisch der Stiere herbei, türmten das Brot in Körben auf und reichten um die Wette Wein herum.

Das reichliche Mahl würzte König Euander mit einer schönen Erzählung vom Grund für dieses Opfer, indem er mit den Fingern seinen Gästen eine Felsenkluft zeigte, in der der grässliche Halbmensch Kakus, der Sohn des Vulcanus, gehaust hatte, der dem Herkules die erbeutete Rinderherde des Riesen Geryones stahl und von jenem bezwungen wurde. Für den Sieg über dieses Untier brachten die dankbaren Arkadier noch immer dem Herkules als Schutzgott der Gegend ein Jahresopfer dar.

Über dieser Erzählung war der Abend herangerückt und nach vollendetem Opfer begaben sich alle in die Stadt. Diese war nur klein. Wer hätte ahnen können, dass einst die Weltstadt Rom an ihrer Stelle stehen sollte? Denn die Arkadier waren ein ländliches Hirtenvolk und hatten aus ihrer Heimat keine Schätze mitgebracht. Aber Mut und fleißige Arme konnten sie den Trojanern zum Beistand anbieten. Deswegen gefiel es Äneas doch in Euanders Haus, das mehr einer Hütte als einem Palast glich, und er sank auf einem weichen Blätterlager, über dem das zottige Fell eines Bären gebreitet war, in sanften Schlaf.

Der Schild des Äneas

In der Zwischenzeit war Vulcanus, angetrieben durch die Bitten seiner Frau Venus, auf dem Weg in seine Schmiede unter dem Ätna. Hier wollte er Äneas' Waffen schmieden, die ihm den Sieg über die Latiner verschaffen sollten. Er näherte sich der donnernden Höhle, die ganz von Feueröfen erfüllt war. Gewaltige Schläge auf den Amboss stöhnten weit hinaus in die Ferne, im Gewölbe sprühten zischende Stahlschlacken und aus den Öfen atmete unaufhörliche Glut. Mit aufgestülpten Ärmeln schmiedeten dort seine Gehilfen, die rußigen Zyklopen Brontes, Steropes und Pyrakmon, und unzählige Knechte das Eisen Tag und Nacht hindurch. Die einen arbeiteten gerade an einem halb fertigen Blitz, der mit zwölf Zacken geschmiedet wurde, und sie schweißten eben die drei Hagelspitzen, die drei Regenspitzen, die drei Glutspitzen und die drei Sturmspitzen daran fest und mischten Flammen, Donnergrollen und Entsetzen darunter. Die anderen fertigten Räder und Wagen für den Kriegsgott Mars, wieder andere verzierten den glatten Ägisschild aus Gold und Drachenschuppen für Minerva mit dem Medusenkopf. [*Der Ägisschild ist eine Art Gewitterschild der Götter. Die römische Göttin Minerva entspricht der griechischen Göttin Athene.*]

„Weg mit allem", rief Vulcanus beim Eintreten in die Höhle den Zyklopen zu, „ihr sollt jetzt dem tapfersten Mann seine Kriegswaffen schmieden. Da gilt es Kraft, Kunst und Erfahrung. Ans Werk jetzt ohne Zögern!"

Die Zyklopen kannten schon die kurz angebundene Art ihres Herrn und begannen rasch mit der Arbeit. Bald flossen Erz und Gold in Bächen und in den Öfen zerschmolz der Stahl. Ein gewaltiger Schild wurde geformt und Scheiben auf Scheiben siebenfach geschmiedet. Einige setzten die Blasebälge in Bewegung, andere kühlten das zischende Erz im Löschtrog. Dann wurde die Masse mit der Zange umgedreht, und die Hämmernden schwangen die Arme im Takt und schlugen auf den Amboss, dass die Höhle bebte.

Am nächsten Morgen übergab der greise Euander, der nicht selbst mit in den Krieg ziehen konnte, beim Abschied Äneas vierhundert arkadische Reiter, unter ihnen sein eigener Sohn Pallas, der Trost und die Hoffnung seines Alters. Außerdem beschenkte er alle Trojaner mit Pferden. Äneas selbst erhielt das prächtigste, das ein gelbes Löwenfell bedeckte und dessen Hufe vergoldet waren.

Dann nahm Euander die Hand seines Sohnes, drückte sie an die Brust und sprach unter Tränen: „Ach, dass mir Jupiter die vergangenen Lebensjahre zurückbrächte und ich noch wäre, wie ich einst in Präneste war. Damals, als ich König Herilus, der drei Leben von seiner Mutter, der Nymphe, mitbekommen hatte, dreimal in den Orcus hinabschickte, bis er nicht mehr wiederkam! Jetzt kann ich nichts tun als dich und unseren Freund den Göttern empfehlen. Mögen sie mich erhören und dir eine frohe Heimkehr bereiten! Und möge ich nie eine furchtbare Nachricht von einem Schreckensboten erhalten!"

Mit diesem Abschied brach der alte Vater zusammen und wurde von den Dienern in den Palast zurückgetragen.

Die Reiter aber zogen aus den offenen Toren, unter ihnen Äneas und ein Teil der trojanischen Mannschaft. Die anderen hatte der Held mit den Schiffen zurücksegeln lassen.

Schließlich kamen sie in einem entlegenen Tal in einen finsteren Tannenwald. Von der langen Reise müde, pflegten sie sich und ihre Pferde.

Äneas hatte sich abseits der anderen an einem kühlen Waldbach unter eine Eiche gelegt. Da erkannte seine Mutter Venus den günstigen Augenblick, ließ sich mit den frisch geschmiedeten Waffen aus den Wolken nieder und legte sie ihrem Sohn zu Füßen.

Dann gab sie sich ihm zu erkennen und sprach: „Schau her, Kind, welch ein Geschenk dir das Wohlwollen meines Mannes bereitet hat. Jetzt darfst du nicht mehr zögern, die stolzesten Laurenter, ja, den wilden Rutuler Turnus selbst zum Kampf herauszufordern."

Äneas staunte. Hocherfreut über die Gegenwart seiner göttlichen Mutter und die Pracht des Geschenks, konnte er sich an den funkelnden Waffen gar nicht sattsehen und wendete bald den buschigen Helm, bald das solide Schwert in seinen Händen. Dann betrachtete er den Erzpanzer, der rötlich wie Blut oder wie die Sonne strahlend glühte, und bestaunte die goldenen Beinschienen und den schlanken Speer in seinen Händen.

Am längsten aber verweilten seine Blicke auf dem kunstreichen, mit unerschöpflichem Bilderschmuck in kunstvoller Arbeit übersäten Schild. Der Gott des Feuers, Vulcanus, hatte darauf eine ganze Reihe von Begebenheiten abgebildet, in deren Betrachtung sich Äneas vertiefte, ohne sie jedoch zu verstehen, denn es waren die Schicksale und Triumphe der Römer, des Volkes, das erst in später Zukunft dem Stamm seines Sohnes Julus entsprießen sollte.

In der Mitte des Schildes war eine Wölfin abgebildet, die Zwillingsknaben nährte, zu denen sie zärtlich ihren Hals beugte und die sie mit der Zunge beleckte. Jeder Junge aus unserer Zeit hätte dem Äneas sagen können, dass die Kinder Romulus und Remus hießen.

Dann war eine Stadt abgebildet, in der im hohen Theater Frauen von kräftigen Männerhänden als Raub davongetragen wurden: Das war Rom und der Raub der Sabinerinnen.

Dann sah Äneas vor Jupiters Altar zwei bewaffnete Herrscher mit Sühneopfern und mit Bundesschalen in den Händen: Romulus und Tatius.

Nicht weit davon entfernt, schleifte ein König mit seinem Viergespann einen Verbrecher zu Tode: Tullus Hostilius den falschen Mettius.

Auf einer halb abgebrochenen Brücke stand einäugig ein Verteidiger, und durch den Strom schwamm eine junge Frau, während ein zorniger Kriegerkönig am jenseitigen Ufer thronte: Es waren Kokles, Klölia und Porsenna der Etrusker.

Auf einer hohen Burg mit Palästen und Tempeln stand ein bewaffneter Wächter, und silberne Gänse flatterten durch goldene Hallen, während am Fuße des Berges Barbaren auf der Lauer lagen: Manlius und Gallier.

Und so kam eine Geschichte nach der anderen, bis hin zu Catilina, Cato, Cäsar und Augustus. Und Äneas, der alle diese Dinge nicht kannte, freute sich über den Schild wie ein Kind über ein Bilderbuch. Dann legte er die himmlischen Waffen an, fasste den Schild mit der Linken, und mit dem Gefühl, von den Göttern beschützt zu sein, mischte er sich wieder unter seine Gefährten.

Turnus beim Lager der Trojaner

Während dies in Tuscien vorging, schickte Juno, deren Groll gegen Äneas doch noch nicht gedämpft war, ihre Botin Iris zu dem Rutuler Turnus. Diese meldete dem Anführer der Feinde, dass Äneas sein Lager, seine Gefährten und seine Flotte verlassen und in König Euanders Reich aufgebrochen war. Sie befahl ihm, das trojanische Lager zu stürmen. Turnus folgte auf der Stelle ihrem Befehl und brach mit seinem Heer auf: vorneweg der Held Messapus, Tyrrhus und seine Söhne in der Nachhut und mitten im Heer Turnus selbst. So zogen sie durchs offene Feld zum Ufer des Tiber.

So kam es, dass Kaïkus, der Wächter der vordersten trojanischen Reihen, eine dunkle Staubwolke vom Feld her aufsteigen sah.

„Brüder", rief er seinen Kampfgefährten zu, „ein sich nähernder Schwarm verdunkelt die Luft. Waffen herbei, schnell auf die Lagermauern. Der Feind ist da!"

Auf diese Nachricht stürzten die auf dem Feld zerstreuten Trojaner durch alle Tore ins Lager zurück und sammelten sich, wie es Äneas für unvorhergesehene Fälle bei seinem Abschied befohlen hatte, auf den Schanzen und Mauern, obwohl sie viel lieber offen gekämpft hätten. Sie versperrten also die Tore und befolgten in allem die Befehle ihres Anführers, indem sie den Feind auf den Zinnen und Türmen erwarteten.

Turnus aber eilte dem Heer, das ihm zu langsam vorwärtsging, mit zwanzig auserwählten Reitern voran. So erschien er, auf einem thrakischen gefleckten Schimmel, unvermutet vor den Mauern des Lagers.

„Wer wagt sich zuerst an den Feind?", rief er seinen Begleitern zu und schleuderte seinen Wurfspieß auf das Lager der Trojaner. Jubelnd taten seine Gefährten es ihm gleich und verhöhnten die feigen Trojaner, die sich hinter ihren Mauern verschanzt hielten und es nicht wagten, ins Feld zum offenen Kampf herabzusteigen.

Inzwischen spähte Turnus hoch zu Ross, den goldenen Helm mit dem roten Federbusch auf dem Kopf, ringsum die Mauern des Lagers aus und suchte einen unbemerkten Zugang. Er war wie ein Wolf, der bei Wind und Regen die halbe Nacht hindurch um den vollen Schafstall herumschleicht, verärgert über das Blöken der Schafe und Lämmer, die drinnen in Sicherheit sitzen. Endlich fiel ihm die Flotte ins Auge, die, ganz von Dämmen und Wellen umgeben, sich geborgen an die eine Seite des Lagers lehnte. Jauchzend befahl er seinen Freunden, die Schiffe in Brand zu stecken, und machte selbst den Anfang. Sofort bewaffnete sich das inzwischen nachgerückte Heer mit Fackeln, die von den Herden der benachbarten Hütten geraubt worden waren. Und zweifellos wäre nun die Flotte der Trojaner verbrannt worden, wenn nicht ein göttliches Wunder das Feuer von den Schiffen abgewandt hätte.

Schon damals nämlich, als Äneas am Fuß des Idagebirges die Flotte zimmerte, die ihn in das fremde Land tragen sollte, flehte Kybele, die Mutter aller Götter, zum allmächtigen Zeus: „Sohn, gib mir, was ich von dir verlange! Ich habe den dardanischen Mann, der eine Flotte brauchte, willig meinen schönen Wald aus Ahornbäumen und Kiefern fällen lassen. Nun aber sorge ich mich, dass meine geliebten Bäume, zu Schiffen verarbeitet, ein Raub der Stürme werden könnten. Darum erhöre meine Bitte: Lass es dem Holz zugutekommen, dass es auf dem Ida gewachsen ist, und schütze die Schiffe vor aller Gefahr." [*Kybele wird auch „Magna Mater" die „Große Mutter" genannt.*]

„Das kann ich nicht", erwiderte Zeus, „ich kann Dingen,

82

die von sterblichen Händen erbaut wurden, nicht Unsterblichkeit auf Erden verleihen, aber was ich für sie tun kann, das will ich tun. Alle die, die das Ziel und den Hafen Ausoniens erreichen, will ich von der sterblichen Form befreien, und wie die Töchter des Nereus sollen sie als Göttinnen des Meeres ein seliges Leben in den Fluten führen."

Dieses Versprechen ging jetzt in Erfüllung. Als Turnus die Schiffe in Brand setzen wollte, verbreiteten sich von Osten her von Strahlen umgebene Wolken über den Himmel, und ein grauenvoller Schall aus den Lüften durchlief die Scharen der Trojaner und Rutuler.

„Bemüht euch nicht so ängstlich, ihr Trojaner", rief es, „meine Schiffe zu beschützen. Eher wird Turnus das Meer verbrennen als sie! Ihr aber, Schiffe, schwimmt erlöst dahin, seid Meeresgöttinnen. Die Mutter der Götter will es so!"

Bei diesen Worten wurden die Schiffe plötzlich lebendig, zerrissen die Seile, mit denen sie angebunden waren, und tauchten wie Delfine ins Meer. Als sie wieder auftauchten, schwammen sie in Gestalt schöner Jungfrauen durch die Fluten.

Entsetzen ergriff daraufhin die Rutuler. Messapus, ihr vorderster Anführer, schreckte mit scheuem Gespann auf seinem Wagen zusammen. Ja, der Tiberstrom selbst zog sich mit seinen Wellen schaudernd vom Meer zurück.

Nur der mutige Turnus ließ die Hoffnung noch nicht fahren.

„Merkt ihr nicht, Freunde", sprach er, „dass dieses Wunder gegen die Trojaner gerichtet ist? Jupiter selbst hat ihnen ihre Hilfe entrissen. Alle Hoffnung zur Heimkehr ist ihnen mit der Verwandlung ihrer Schiffe abgeschnitten. Wir brauchen keine Feuerbrände mehr! Das Land aber ist in unseren Händen. Tausende in ganz Italien bewaffnen sich für uns. Mich ängstigen keine Göttersprüche und Verheißungen, deren sie sich rühmen. Auch mir ist mein Schicksal bestimmt. Es lautet: Vernichtung dieses elenden Geschlechts mit dem Schwert!"

Und er schritt sofort zur Tat. Dem Messapus wurde aufgetragen, die Tore mit Kriegern zu umstellen und die Wälle rings mit Feuern zu umzingeln. Unter ihm versahen, von vierzehn auserwählten Hauptleuten befehligt, je hundert junge Männer in schimmernden goldenen Rüstungen und mit roten Federbüscheln auf den Helmen, ihren Dienst. Diese drehten einander ablösend die Runde, während die anderen feierten, im Gras lagen und den Weinkrug herumreichten. Die Trojaner beobachteten dieses Treiben von ihren Wällen herab und hielten die Zinnen aufs Vorsichtigste mit Bewaffneten besetzt. Voller Sorge überprüften sie die Tore, versahen die Bollwerke mit Brücken und trugen den nötigen Vorrat an Geschossen herbei. Das Ganze leiteten Mnestheus und Serestus, denen Äneas vor seiner Abfahrt das Kommando über das Lager erteilt hatte. Und so wachte denn das ganze Heer innerhalb der Lagermauern.

Nisus und Euryalus

Im trojanischen Heer befanden sich zwei mutige junge Männer: Nisus und Euryalus. Nisus, ein Sohn des Hyrtakus, eines der besten Speerwerfer und Pfeilschützen, hatte sich aus dem Idagebirge den Auswanderern um Äneas und Anchises angeschlossen.

Euryalus war der schönste unter allen teukrischen Jungen. Die beiden waren enge Freunde, stürzten sich immer zusammen in die Schlacht und bewachten auch jetzt gemeinsam nebeneinander eines der Tore.

„Ich möchte doch wissen", fing Nisus an, „ob die Götter

den Tatendrang in uns wecken oder ob blinde Lust eines jeden Gott ist! Mir ist diese träge Ruhe lästig und schon lange habe ich Lust auf ein richtiges Abenteuer. Sieh, wie sich die Rutuler ihrem blinden Vertrauen hingeben! Nur hier und da brennt um die Mauern ein Feuer. Fast alle liegen und schlafen, ob vor Müdigkeit oder vom Wein. Und ringsum herrscht das tiefste Schweigen. Also hör zu, mein Freund, welcher Gedanke mir gekommen ist: Wir alle wollen, dass Äneas herbeigerufen wird, dass man Boten zu ihm schickt, die uns Nachricht von ihm bringen. Wenn du hier zurückbliebest – was ich dir überlassen würde –: Was meinst du? Ich könnte am Fuß des Hügels dort den Weg ins Tuskerland und zum Berg von Pallanteum wohl finden."

Euryalus staunte beim Vorschlag seines Freundes ergriffen, denn auch ihn hatte die jugendliche Sehnsucht nach Ruhm erfasst.

„Also willst du mich als Teilnehmer an der herrlichen Tat verschmähen? Wie könnte ich dich allein in eine solche Gefahr hinauslassen! Nein, so hat mich mein Vater Opheltes nicht erzogen, und auch du hast mich bisher nicht so kennengelernt! Auch ich achte das Leben gering und erkaufe willig mit ihm den Ruhm!"

„Das habe ich nie anders von dir erwartet", erwiderte Nisus, „aber wenn mich irgendein Unfall oder ein Gott, wie es bei solchen Unternehmungen wohl geschehen kann, ins Verderben risse, so wünschte ich, dass du mich überlebtest. Deine Jugend ist des Lebens werter als ich. Auch hätte ich gern einen, der meinen Leichnam – ob aus der Schlacht gerettet oder mit Lösegeld erkauft – beerdigt oder, wenn dies Glück mir nicht vergönnt wäre, mir wenigstens ein Totenopfer brächte und einen Gedenkstein errichtete. Wie könnte ich deiner armen Mutter, die als einzige von so vielen

Müttern nicht in Sizilien zurückbleiben wollte, sondern dich hierher begleitet hat, so bitteren Schmerz zufügen?"

Aber Euryalus erwiderte: „Du hältst mir umsonst nichtige Beweggründe vor. Mein Vorsatz ist unerschütterlich. Wir sollten uns beeilen."

So sprach er und weckte sogleich die nächsten Wachtposten, die zur Ablösung bestimmt waren. Nachdem sie diesen das Wächteramt übertragen hatten, eilten sie beide vor den Hohen Rat der Trojaner. Denn die Fürsten des Heeres berieten sich bis tief in die Nacht hinein über die wichtigsten Angelegenheiten.

Während sie nun mitten im Lager, an die Speere gelehnt und auf die Schilde gestützt, im Kreis standen und darüber berieten, wer dem Äneas die Nachricht überbringen sollte, da baten Nisus und Euryalus um Zutritt in die Versammlung. Julus, der, so jung er auch war, an seines Vaters Stelle im Rat saß, ließ die Ungeduldigen eintreten und Nisus als den Älteren zuerst reden.

„Höret uns an", sprach dieser zu den Helden, „und beurteilt unseren Vorschlag nicht nach unserer Jugend. Wir haben die Gegend ausgekundschaftet. Dort, am Scheideweg des Tores, das wir bewachen, in der Nähe des Meeres, finden sich Lücken in den Wachtfeuern der Feinde: Dort ist Platz, um sich durchzuschleichen. Wenn ihr uns erlaubt, unser Glück zu versuchen, so wollen wir als Boten zu Äneas gehen, und ihr sollt uns bald mit Begleitern und mit Beute zurückkehren sehen."

Voller Bewunderung hörten die Helden den Entschluss der jungen Männer.

„Nun, ihr Götter", rief Aletes, der älteste unter ihnen, aus, „ihr seid noch nicht gesonnen, die Trojaner zu vernichten, da ihr in unseren jungen Männern solche Entschlossenheit weckt!"

So sprach er und legte seine Hände auf die Schultern der beiden.

Dann rief der junge Julus: „Guter Nisus, lieber Euryalus, in euren Schoß lege ich mein Glück und meine Hoffnung. Lasst mich meinen Vater wiedersehen! Wenn er zurück ist, habe ich vor nichts mehr Angst. Zwei silberne Becher, zwei kostbare Dreifüße, zwei Talente Gold, den schönen alten Krug, den Dido meinem Vater geschenkt hat: Das alles sollt ihr jetzt schon haben, und wenn wir siegen, noch viel mehr. Hast du das prächtige Pferd gesehen, Nisus, das Turnus reitet, und seine goldene Rüstung? Sie sollen dir gehören! Zwölf Gefangene wird euch mein Vater schenken, Männer mit vollen Waffenrüstungen, und Frauen und vom Feld des Latinus herrliche Güter. Du aber", so sprach er an Euryalus gewandt, „verehrter junger Mann, der du mein Vorbild bist, dich begrüße ich schon jetzt von ganzem Herzen als Kampfgefährten und unzertrennlichen Freund."

Darauf nahm Euryalus das Wort: „Es soll kein Tag kommen, an dem ich mich meines tapferen Entschlusses unwürdig zeige. Aber vor allem bitte ich dich um eines, Julus: Meine Mutter, vom alten Königsgeschlecht des Priamus stammend wie du, hat sich nicht abhalten lassen, mit mir auszuwandern, und ich verlasse sie ohne Abschied, denn ich könnte ihren Tränen nicht widerstehen. Kümmere du dich um die Verlassene. Tröste sie in der Not, wenn das Schicksal mich nicht zurückkehren lässt!"

In Julus' Seele erwachte bei diesen Worten die Liebe zum Vater noch heftiger. Er fing laut an zu weinen und versprach ihm alles unter Tränen. Auch die Helden ergriff diese Rührung. Mnestheus zog sich die Löwenhaut von der Schulter und warf sie Nisus um. Aletes tauschte mit ihm den Helm. Und Euryalus empfing aus Julus' Hand dessen eigenes Schwert mit goldenem Griff und einer Scheide aus Elfenbein.

So ausgestattet, wurden sie von allen Edlen, jungen und alten Männern, bis ans Tor begleitet. Bald waren sie über die Gräben hinaus und kamen im Dunkel der Nacht an die schlummernden Posten der Rutuler. Diese lagen, schlafend und im Rausch zerstreut, im Gras, zwischen Wagenrädern, Riemen und umherliegenden Waffen.

„Die Gelegenheit ruft", sprach Nisus leise zu seinem jungen Freund. „Halte du mir den Rücken frei. Ich will den Weg freiräumen und uns eine Gasse brechen."

Während er so mit gedämpfter Stimme redete, hieb er den ersten Wächter, Rhamnes, den Vogelschauer des Königs Turnus, der aus voller Kehle schnarchend dalag, samt drei sorglosen Knechten nieder. Dann den Waffenträger des Remus, den er bei seinen Pferden überraschte und ihm den Kopf abschlug, und dann den Herrn selbst.

Auch Euryalus war nicht müßig. Beide tobten wie Löwen in den Herden und richteten ein furchtbares Gemetzel unter den Wächtern an. Ja, Euryalus drang schon bis zu den Wachfeuern des Rutulerfeldherrn Messapus vor, die langsam verglommen, während seine Wagenpferde gemächlich das Gras abweideten. Aber Nisus rief ihn zurück.

„Siehst du nicht", warnte er, „dass es schon langsam hell wird? Wir haben ja Rache geübt und uns Bahn gebrochen."

So ließen sie auch alle Beute liegen und Euryalus nahm nur den Pferdeschmuck des Rhamnes mit und schlang sich dessen Schwertgurt um die Schulter. Auch setzte er sich freudig den bebuschten Helm des Messapus auf, den er bei den vordersten Wachfeuern aufgelesen hatte und der ihm genau passte. Daraufhin verließen sie das feindliche Lager und gelangten in die Weite.

Aber um dieselbe Zeit zogen aus der Latinerstadt dreihundert Reiter mit Schilden unter ihrem Anführer Volscens, die Fürst Turnus Botschaft vom König zu bringen hatten, diese Straße entlang. Sie waren schon ganz nah am Lagerwall, als sie von ferne die beiden eilenden Gestalten bemerkten und in der Dämmerung den sorglosen Euryalus der erbeutete Helm mit seinem tückischen Schimmer verriet.

„Halt! Ihr seid in Waffen!", schrie Volscens bei diesem Anblick, „wo eilt ihr hin?"

Die beiden Jungen antworteten nicht, sondern flüchteten sich in den Wald und vertrauten auf die Dämmerung. Aber die Reiter, die sich mit den Nebenwegen auskannten, verteilten sich in dem Wald und versperrten alle Ausgänge mit Wachen. Der Wald war mit dichten Eichen und wilden Sträuchern bewachsen und kaum sichtbar schimmerte der Fußpfad durch das Dickicht. Den Euryalus behinderte die Beute und die Furcht täuschte ihn über die Richtung des Weges. Nisus aber entkam glücklich aus dem Wald und eilte schon sorglos auf den See zu, der später den Namen Albanersee erhielt. Jetzt erst stand er still und sah sich vergebens nach dem fehlenden Freund um.

„Euryalus", rief er wehklagend, „wo bist du, Armer, wo finde ich dich?"

Und nun warf er sich aufs Neue in den dichten Wald. Dort hörte er bald Hufgestampfe, Lärm und die Trompeten der Nachhut. Und es dauerte nicht lange, bis er den ganzen Reitertrupp sah, der den gefangenen Euryalus mit sich fortschleppte. Was sollte er tun? Welche Hoffnung gab es, den armen Jungen zu befreien? Sollte er alles Hoffen aufgeben und den Tod in ihren Schwertern suchen?

Er hielt inne, dann zog er plötzlich den Speer, und zum Mond aufblickend, der blass am morgendlichen Himmel stand, betete er: „Luna, Beschützerin der Wälder, Latonas Tochter, wenn dir je mein Vater für mich geopfert und ich selbst dir je meine Jagdbeute geweiht habe, lenke meinen Speer und lass mich diesen Trupp zerstreuen!"

So sprach er und schleuderte mit Leibeskraft seine Lanze. Diese drang dem abgewandten Rutuler Sulmo in den Rücken und zur Brust heraus, sodass er sich zuckend auf dem Boden wälzte. Erschrocken schauten sich die Reiter in der Runde um.

Da flog das zweite Geschoss des Nisus und durchbohrte einem anderen Rutuler, dem Tagus, knirschend beide Schläfen. Volscens, der Anführer der Reiter, geriet in Wut, denn nirgends erblickte er den Speerschwinger.

Grimmig rief er: „So bezahle denn du mir mit deinem Blut für die beiden!", und ging mit gezogenem Schwert auf Euryalus los. Vor Entsetzen schreiend, brach Nisus jetzt aus seinem Versteck hervor.

„Ich bin der Täter", rief er, „auf mich nur richtet eure Schwerter. Ich habe mir den ganzen Betrug ausgedacht! Ich schwöre euch, dieser ist unschuldig. Nur Liebe zum unglücklichen Freund war sein Vergehen!"

Sein Rufen kam zu spät. Volscens hatte dem Jungen schon das Schwert durch die Brust gestoßen. Euryalus wälzte sich blutüberströmt auf dem Boden, sein Hals neigte sich auf die Schultern, wie eine purpurne Blume dahinsinkt oder wie ein blühender Mohnstengel seine vom Regen belastete Blüte zur Erde neigt. Da warf sich Nisus in den Feind, stieß den Andrang der Reiter rechts und links zurück, ging gerade auf den Anführer Volscens los, und sein blitzendes Schwert durchbohrte den Feind, sodass er sterbend vom Pferd fiel. Dann warf sich Nisus über seinen getöteten Freund und ruhte, ganz von den Geschossen der Reiter durchbohrt, über dessen Leichnam im Frieden des Todes.

90

Die Reiter zogen den erschlagenen Feinden die Rüstungen ab und trugen ihre Leichname mit dem ihres Anführers Volscens in das Lager des Turnus. Bald mussten die Trojaner von den Türmen ihres Lagers herab mit Grausen die von schwarzem Blut noch triefenden Köpfe der beiden Jungen sehen, die sie mit so zuversichtlichen Hoffnungen entlassen hatten.

Die Kunde des Unglücks verschonte auch die Mutter des Euryalus nicht. Sie erfuhr davon, während sie am Webstuhl saß und ihre Tagesarbeit verrichtete. Da entfiel das Schiffchen ihren Händen [*Ein Schiffchen ist ein Werkzeug, das zum Weben verwendet wird.*], sie zerraufte sich das Haar, rannte zum Wall in die vordersten Reihen der Soldaten, ohne auf die Gefahr zu achten, und brach in lautes Wehklagen aus, das auch die härtesten Kämpfer erschütterte. Unter vielen Tränen befahlen schließlich Julus und der weise Ilioneus zwei alten Helden, sie aus den Reihen der Männer hinwegzuziehen und in ihre Wohnung zu begleiten.

Sturm des Turnus abgeschlagen

Schmetternd ertönten die Trompeten der Rutuler. Ein Aufschrei ging durchs ganze Lager, dessen Echo von den Bergen widerhallte. Von allen Seiten stürmten die Feinde heran. Aus ihren Schilden bildeten sie ein Dach, unter dem sie vorrückten. Sie versuchten, die Gräben auszufüllen und die Schanzen einzureißen. Und schon legten sie dort, wo die Zinnen nicht so stark bewacht waren, die Sturmleitern an die Mauern.

Die Trojaner dagegen, durch die lange Verteidigung ihrer Vaterstadt im Belagerungskampf wohl geübt, verstreuten Geschosse aller Art, wälzten Steine und Felsblöcke auf die

Schilddächer und stießen die Emporkletternden mit Spießen hinunter.

Schon setzten die angerückten Rutuler das blinde Gefecht nicht mehr fort, sondern liefen von den Mauern zurück und versuchten nur mit Lanzenwürfen, die Teukrer vom Wall zu vertreiben. Schließlich richteten sie alle ihre Streitkräfte auf einen hoch emporragenden Turm, der durch schwebende Brücken mit der Lagermauer verbunden war. Jetzt strengten die Rutuler sich um die Wette an, diesen Turm zu erobern. Die Trojaner aber verteidigten ihn, indem sie abwechselnd von den Zinnen Steine hinunterwälzten und Pfeile aus den Schießscharten hinunterschossen.

Schließlich schleuderte Turnus eine Brandfackel, die an der Seite des Turmes hängen blieb und das Holz in Brand steckte. Ehe die Verteidiger fliehen konnten, stürzten die unterhöhlten Balken zusammen und der Turm fiel krachend zu Boden. Einige der Kämpfer fielen mit ihm, von den eigenen Waffen durchbohrt, die anderen spießten sich in die Trümmer des Holzes. Und viele von denen, die noch unverletzt waren, sahen sich bald von Turnus' Scharen umringt und wurden niedergeschlagen.

Da endlich wehrten sich die Trojaner gegen die Feinde. Der junge Julus, der bisher nur daran gewöhnt war, fliehendes Wild mit seinen Pfeilen zu erlegen, durchbohrte Remulus mit einem sicheren Pfeilschuss. Die Trojaner jubelten und die erschreckten Feinde wichen einen Schritt zurück. Julus wollte sie verfolgen.

Da stellte sich ihm Apollo selbst, in der Gestalt des alten Waffenträgers seines Großvaters, der ihm vom Vater zur Seite gestellt worden war, in den Weg und sprach: „Sohn des Äneas, dir genüge, dass du einen Helden ungestraft besiegt hast. Diesen Beginn deines Ruhmes hat Apollo dir gegönnt, für jetzt aber meide den Krieg!"

Die Fürsten Iliums erkannten die Gegenwart des Gottes und hielten Julus vom weiteren Kampf fern. Sie selbst aber stürzten sich erneut ins Gefecht und der Schlachtruf tönte um die äußersten Bollwerke der Mauer fort.

Als die innerhalb der Tore aufgestellten trojanischen Wächter hörten und sahen, wie ihre Freunde draußen so mutig und kraftvoll kämpften, fassten Pandarus und Bitias, die Söhne Alcanors vom Berg Ida, stark und schlank wie ihre heimischen Tannen, den Entschluss, das ihnen vom Feldherrn anvertraute Tor zu öffnen und im Übermut den Feind in die Mauern einzuladen. Sie selbst aber standen von innen mit blinkenden Schwertern rechts und links am Eingang und von ihren Helmen nickten die Federbüsche.

Als die Rutuler die Torflügel offen sahen, stürmten sie, ohne nachzudenken, hinein. Aber vier oder fünf ihrer Helden, mit einem ganzen Gefolge von Kriegern, fielen unter den Stößen und Hieben der beiden jungen Männer oder wurden in schändlicher Flucht zum offenen Tor hinausgetrieben.

Jetzt wagten es die Trojaner, sich in dichteren Scharen zusammenzurotten. Ein Handgemenge entspann sich und die Rutuler wurden zurückgedrängt.

Als Turnus, der auf einer anderen Seite kämpfte, die Nachricht von dieser neuen Wendung des Kampfes erhielt, rannte er in grässlichem Zorn mit einer auserwählten Schar von Kriegern herbei, kletterte über zahlreiche trojanische Leichen und stürzte sich auf das geöffnete Lagertor. Seine mächtige Lanze, die er aus der Ferne schleuderte, durchbohrte Bitias, sodass der Boden unter seinen fallenden Riesengliedern bebte und der Schild auf den Liegenden hinunterrasselte.

Die Trojaner flohen zurück ins Tor, die siegenden Rutuler

stürzten ihnen nach. Da fasste Pandarus mit einem Blick auf seinen toten Bruder die Torflügel in ihren Angeln und stemmte sie mit seinen Schultern in die Wölbung zurück, sodass das Tor verschlossen war und viele Trojaner im Gefecht draußen, viele Rutuler in die Mauern eingezwängt, zurückblieben. Er hatte aber nicht bedacht, dass sich mitten unter den Eingeschlossenen Turnus selbst befand wie ein Tiger, der in den Stall eingesperrt ist. Voll Entsetzen erkannten die Trojaner das schreckliche Gesicht und die riesigen Glieder. Nur Pandarus, selbst ein Riese wie er, erschrak nicht.

Voller Bitterkeit über die Ermordung seines Bruders, stellte er sich ihm entgegen und rief: „Hier bist du nicht im Palast der Latinerkönigin, du schmachtender Bräutigam. Du stehst im Feindeslager und wirst nicht wieder hinauskommen!"

Turnus lächelte nur und erwiderte ganz ruhig: „Wenn du es wagst, beginne nur den Zweikampf. Und wenn du Hektor wärest, so solltest du in mir deinen Achilles finden!"

Pandarus schleuderte darauf seinen Wurfspieß, aber Juno lenkte das Geschoss ab und die Lanze flog in den Torflügel. Jetzt richtete sich Turnus auf und schwang sein Schwert.

„Diesem Hieb wirst du nicht entfliehen!", schrie er und spaltete ihm den Schädel.

Zitternd liefen daraufhin die Trojaner auseinander. Und wäre dem Sieger jetzt der Gedanke gekommen, das Tor wieder zu öffnen und seine Freunde hereinzulassen, so wäre es um die neue Ansiedlung Trojas geschehen gewesen. So aber ließ sich Turnus von der Mordlust berauschen und drang von Sieg zu Sieg mit seinen Gefährten immer tiefer in das Innere des Lagers ein.

Schon war die Verwirrung bis zu Serestus und Mnestheus vorgedrungen, die in der Mitte der Mauern befehligten.

Da brachte zuerst Mnestheus die fliehenden Freunde mit den Worten zur Besinnung: „Wohin wendet ihr euch? Welche anderen Mauern, welche anderen Burgen besitzt ihr? Soll ein einziger Mann, umschlossen von euren Wällen, ungestraft ein solches Gemetzel unter euch anrichten? Habt ihr euer Vaterland, euren Anführer Äneas, die Götter eurer Heimat so schamlos vergessen?"

Mit solchen Reden beschämte und stärkte er die Fliehenden, sodass sie, in eine dichte Rotte zusammengedrängt, wieder standhielten.

Turnus selbst hatte der siegreiche Kampf allmählich ermüdet. Zum Tor zurückzudrängen, konnte er nicht mehr hoffen. So kämpfte er sich also mühsam vorwärts, dorthin, wo das Lager ohne Mauern an den Fluss grenzte. Als er dort an den Sandbänken des Stromes angelangt war, zog er sich mit schnelleren Schritten, doch noch ohne Flucht, zurück. Und wenn ihm der Feind zu nah auf den Leib rückte, trieb er ihn immer noch siegreich mit dem Schwert zurück. Nun flogen aus der Ferne von allen Seiten Geschosse auf ihn zu. Sein Helm schepperte von den aufprallenden Steinen, der Busch war zerfetzt. Der Schild steckte voller Speere und wurde so schwer, dass seine Linke ihn kaum noch halten konnte.

In diesem Augenblick stürmte auch Mnestheus in blitzenden Waffen auf ihn zu und wie flüssiges Pech rann ihm der Schweiß über den Körper. So war er fechtend am Rand des Flusses angekommen. Da kehrte Turnus zum ersten Mal dem Feind den Rücken zu und warf sich in voller Rüstung in die Wogen des Tiber, der ihn mit sanften Wellen aus dem Bereich des Lagers ans Ufer trug, wo er bald, von Blut und Staub rein gewaschen, bei seinen Gefährten eintraf.

Äneas kommt ins Lager zurück

Jupiter hatte in einer Götterversammlung die Klagen seiner Frau Juno und die Bitten seiner Tochter Venus angehört und beschlossen, ohne Einmischung der Himmlischen alles dem Schicksal zu überlassen. So dauerte denn die Belagerung der trojanischen Niederlassung und der Kampf der Rutuler und Trojaner um die Mauern weiter an.

Inzwischen war Äneas mit seiner Heeresabteilung und der arkadischen Reiterei in der blühenden tuskischen Stadt Agylla angekommen. [*Agylla war eine der bedeutendsten Städte in Etrurien, einer italienischen Landschaft, die heute die Toskana, Umbrien und Latium umfasst. Agylla wurde später Caere genannt und heißt heute Cerveteri.*] Die Bewohner hatten ihren grausamen König Mezentius vertrieben, und da der Verjagte zu Turnus geflohen war, lebten die Bewohner der Stadt in tödlicher Feindschaft mit Rutulern und Latinern. Deswegen wurde Äneas vom jetzigen Herrscher der Stadt, König Tarchon, mit offenen Armen aufgenommen, sobald er ihm Geschlecht und Namen genannt und ihm von Turnus' und Mezentius' Kriegsrüstungen erzählt hatte.

König Tarchon vereinigte nicht nur die eigene Streitmacht, sondern rief auch alle etrurischen Bundesstädte zur Teilnahme am Kampf auf. Es währte nicht lange, so sah sich der Trojaner an der Spitze einer furchtbaren Flotte und segelte, nachdem er arkadische und tuskische Reiter auf dem Landweg vorangeschickt hatte, mit dreißig Schiffen von der etrurischen Meeresküste ab.

Als er nun in der Nacht aus Vorsicht selbst am Steuer saß, umringte ihn auf einmal ein Chor tanzender Nymphen. Es waren die Schiffe der Trojaner, die Kybele, um sie von Turnus' Brandfackeln zu retten, vor Kurzem an der Mündung des Tiber verwandelt hatte. Sie erkannten, belebt und beseelt, ihren Herrn.

Die wortgewandteste unter ihnen hielt sein Schiff mit der Rechten, kam aus dem Wasser hervor, streichelte besänftigend das Wasser mit der Linken und sprach: „Wachst du, Göttersohn? O wache, und lass den Wind in die Segel blasen! Wir sind Fichten vom Idagebirge, deine treuen Schiffe, jetzt durch Kybeles Erbarmen dem Brand der Rutuler entgangen und in Meeresgöttinnen verwandelt worden. Beeile dich, Freund, dein Sohn Julus, eingeschlossen von Wall und Graben, wird von den Rutulern belagert, und der Kampf tobt um seine Mauern. Deine Reiter sind zwar angekommen und stehen nicht weit vom Lager, aber Turnus weiß es und ist entschlossen, Kämpfer zwischen sie und das Lager zu schicken. Auf denn, beeile dich! Wenn der Tag anbricht, wirst du in der Tibermündung sein. Dann nimm den funkelnden goldenen Schild, den Vulcanus dir gab, und strecke ihn dem Lager deiner Gefährten entgegen. Sei unbesorgt, der morgige Tag wird dir den Sieg verleihen!"

So sprach sie und gab im Abtauchen dem Hinterverdeck des Schiffes einen Stoß, sodass es schneller als Lanzen und Pfeile durch die Wellen fuhr. Als hätten sie Flügel, eilten dem Feldherrnschiff auch die anderen Schiffe nach, und mit dem ersten Morgenlicht hatte der Sohn des Anchises sein Lager erreicht. Da dachte er an den Befehl der Nymphe, nahm seinen flammenden Schild, stellte sich damit aufs Vorderdeck, reckte ihn mit der Linken hoch in die Luft und streckte ihn seinen Freunden entgegen. Den Trojanern, die ihn vom Wall herab erblickten, erschien er wie die Sonne, die aus den Fluten auftaucht. Sie erhoben ein Jubelgeschrei und ihre Lanzenwürfe verdoppelten sich.

Die Rutuler und ihre Anführer verstanden diese

plötzliche Begeisterung ihrer Feinde nicht, bis sie auf einmal hinter sich das Meer von Segeln angefüllt und eine Flotte an den Strand laufen sahen. Da leuchtete ihnen wie ein blutroter Komet oder wie der pestdrohende Sirius Äneas im Glanz seiner Götterwaffen entgegen: Seine Helmkuppel strahlte wie Feuer, Glut entströmte dem Federbusch und der goldene Schild sandte weit und breit Feuerstrahlen aus.

Dennoch verließ den mutigen Turnus das Selbstvertrauen nicht. Er hoffte, den ankommenden Feinden den Strand durch Schnelligkeit abzugewinnen und sie vom Ufer zu verdrängen.

„Die Stunde ist gekommen", rief er seinen Freunden zu, „die ihr so sehnlich herbeigewünscht habt. Jetzt könnt ihr eure Gegner vernichten. Der Kriegsgott selbst hat sie euch in die Hand gelegt. Denkt an eure Frauen und Kinder, setzt den Taten eurer Väter die Krone auf. Solange die Schritte der Ausgestiegenen noch schwanken, solange sie noch straucheln, empfangt sie am Strand! Das Glück ist mit den Mutigen!"

In der Zwischenzeit wurden die landenden Trojaner und ihre Bundesgenossen aus dem Schiff des Äneas teils auf Brücken ans Land gesetzt, teils schwangen sie sich mithilfe der Ruder ans Ufer oder ließen sich von den Wellen dorthin tragen. König Tarchon aber, der mit der übrigen Flotte folgte, sah sich das Ufer an und suchte sich eine Stelle aus, an der das Meer weder mit brechenden Wellen rauschte noch aus der Tiefe sprudelte, sondern sich frei dem flachen Ufersand zuwälzte.

Er befahl, die Schiffe dorthin zu lenken, und rief seinen Gefährten zu: „Jetzt, meine Freunde, rudert frisch drauflos. Bohrt euch mit den Kielen eine Furche ins Feindesland. Mag das Schiff auch zerbrechen, wenn es nur den Strand erreicht hat!"

Als die Etrusker dies hörten, ruderten sie drauflos und
trieben die Schiffe vorwärts, bis sie das Trockene erreicht
und alle Kiele unversehrt im Sand aufsaßen, nur nicht König Tarchons eigenes Schiff. Dieses blieb an einer schrägen
Sandbank hängen, die sich unter dem Wasser hinzog. Lange
schwankte es und trotzte den Wellen. Doch schließlich brach
das Gebälk auseinander, und die ganze Ladung seiner Männer wurde ins Wasser ausgegossen, mitten zwischen zerbro-
chene Ruder und umherwogende Balken. Nur mit Mühe
rettete sich Tarchon mit seinen Männern ans Land.

Äneas und Turnus kämpfen · Turnus tötet Pallas

Als Turnus sah, dass die Feinde gelandet waren, beendete er
die Belagerung, raffte eilig sein Heer zusammen, stellte es
längs der Küste auf und ließ die Hörner zum Angriff blasen.

Auch Äneas hatte sein Heer, das aus Trojanern und Bundesgenossen bestand, geordnet. Um den Kampf zu beginnen,
warf er sich zuerst auf die Scharen des latinischen Hirten-
volks und fügte ihnen eine große Niederlage zu. Dann wandte er sich gegen die Helden der Feinde und bald wurde von
beiden Seiten in erbittertem Streit gefochten. Heer stieß an
Heer, Fuß hing an Fuß, Mann drängte sich an Mann und
lange schwankte die Schlacht.

Abseits vom Hauptkampf, wo ein Fluss Felsen in den Weg
gewälzt und entwurzelte Bäume am Ufer umher zerstreut
hatte, kämpfte Pallas, der junge Sohn des Königs Euander,
mit seinen Arkadiern. Der unebene Boden machte es ihnen
unmöglich zu reiten, und weil sie an den Fußkampf nicht
gewöhnt waren, kehrten sie schließlich den eindringenden
Latinern und Rutulern den Rücken zu und flohen. Nur ganz

allmählich brachte das Rufen ihres jungen Anführers sie wieder zum Stehen.

„Beim Ruhm und bei den Siegen meines Vaters, bei meiner eigenen Hoffnung beschwöre ich euch, Männer", schrie er, „haltet stand. Vertraut auf eure Arme und nicht auf eure Füße! Wir haben keine Wahl, entweder vorwärts ins trojanische Lager oder rückwärts in die See!"

Mit diesen Worten führte er sie aufs Neue gegen den Feind und focht wie ein junger Löwe, indem er mit Lanze und Schwert bald diesen, bald jenen niederstreckte. Nun sammelten sich die Streitkräfte seiner Gefährten wieder um ihn her, und Schritt für Schritt gewannen die Arkadier neuen Boden, bis ihnen Lausus, der heldenmütige Sohn des Mezentius, Einhalt gebot. Die Arkadier zogen sich zu ihren Freunden, den Etruskern und Trojanern, zurück, aber unter allen wütete der italische Held mit seinen tödlichen Hieben.

Schließlich standen Lausus und Pallas einander gegenüber, beide junge Männer, etwa gleich alt, beide herrlich von Gestalt, beiden war der frühe Tod durch dieses Treffen vorherbestimmt. Doch sollte keiner von der Hand des anderen fallen, denn beide erwartete das Verhängnis aus den Händen eines größeren Feindes.

Turnus, der mit seinem Streitwagen das Heer durchflog, erblickte die beiden, als sie gerade voll Kampflust aufeinander losgingen.

„Halt", rief er von seinem Wagen herab, „ich allein will mit Pallas kämpfen, mir allein ist sein Leben bestimmt. Ach, möge sein Vater Euander doch zuschauen!"

Verwundert suchte der junge Mann, woher der Ruf kam.

Dann musterte er seinen neuen Gegner mit großen Augen und rief endlich mutig zu ihm empor: „Entweder erbeute ich heute eine Feldherrnrüstung oder einen rühmlichen

Tod; beides wird mein Vater willkommen heißen, darum spare dein Drohen!"

So sprach er und schritt in die Mitte der Gasse, die durch Turnus' Ruf gebildet worden war. Auch Turnus sprang von seinem Doppelgespann, flink wie ein Löwe, der vom Berg herab einen kämpfenden Stier in der Ebene erblickt hat. Als Pallas ihn in Wurfweite vor sich sah, schleuderte er den Speer mit all seiner jugendlichen Kraft und riss sofort das Schwert aus der Scheide. Der Lanzenwurf war gut gezielt, er durchbrach dem Turnus den Rand des Schildes; seinen riesigen Körper aber streifte er nur.

Jetzt wiegte Turnus lange seinen Wurfspieß mit der scharfen Eisenspitze und sprach dazu: „Nun pass auf, ob mein Geschoss nicht besser trifft."

Dann flog sein Speer und fuhr dem Jungen durch Schild, Panzer und Brust bis tief ins Herz. Vergebens zog dieser den Speer aus der Wunde. Die Seele entfloh mit dem strömenden Blut und er sank tot unter den rasselnden Waffen auf den Boden. Turnus setzte den linken Fuß auf den Toten und löste ihm den schönen Gürtel, auf dem der Kampf der Zentauren in Gold abgebildet war.

„Das Grab", sprach er dann, „verweigere ich dem Jungen nicht: Bringt ihn zu seinem Vater Euander, ihr Arkadier!"

Nach diesen Worten flog Turnus auf seinem Streitwagen zurück.

Unter lautem Wehklagen trugen die Arkadier ihren erschlagenen Königssohn aus der Schlacht. Und Etrusker und Trojaner, die von den vordringenden Rutulern in arge Bedrängnis geraten waren, folgten ihnen in wilder Flucht.

Als Äneas, der auf einem anderen Flügel des Heeres kämpfte, von der Flucht seiner Männer hörte, rief er die mutigsten Gefährten zusammen, brach sich mit dem Schwert eine breite Bahn durch den Feind und suchte Turnus. Vor seinen Augen sah er Euanders gastlichen Tisch und den jungen Pallas, der ihm unter so vielen Tränen vom Vater anvertraut worden war. Schmerz und Rachelust erfüllten ihn. Vier Söhne des Sulmo und vier Söhne des Ufens griff er lebendig aus den Feinden heraus und ließ sie aus der Schlacht führen: Sie sollten als Sühneopfer für Pallas bluten.

Er verschonte keinen, der ihm in den Weg kam. Er wütete wie ein brausender Gebirgsstrom oder ein nächtlicher Sturm.

Zur selben Zeit brach der junge Julus mit den eingeschlossenen Trojanern, den günstigen Zeitpunkt erkennend, aus dem Lager hervor.

Turnus wird von Juno gerettet · Äneas erschlägt Lausus und Mezentius

Die Rutuler wären verloren gewesen, wenn nicht Juno den Göttervater im Olymp demütig um die Erlaubnis angefleht hätte, ihren Anführer Turnus aus der Hand des Äneas zu retten und aus der Schlacht wegzuführen.

„Verlangst du nur den Aufschub seines Todes", sprach Jupiter, „so mag es sein! Wenn du aber meinst, damit das Schicksal des ganzen Krieges zu ändern, so hoffst du darauf vergeblich."

Weinend erwiderte Juno: „O dass dein Herz mir gewährte, was dein Mund mir verweigert! Soll mein unschuldiger Schützling so traurig enden? Doch ich danke dir schon für den Aufschub; vielleicht führt dich deine Milde doch noch zu einer gnädigeren Entscheidung!"

Also ließ sich Juno, von Wolken verborgen, vom Sturm durch die Lüfte tragen und hatte bald das Lager der Laurenter erreicht. Hier schuf sie aus einer Wolke ein wesenloses Schattenbild, das dem Helden Äneas täuschend ähnlich war. Sie bekleidete es mit einem Schatten von Panzer, Schild und Helm, der prächtigen Rüstung des Göttersohnes nachgebildet.

Dann verlieh sie ihm Äneas' Gang, sodass er sich wie dieser bewegte, ohne seinen Geist und den Klang seiner Stimme. So flog die Gestalt dahin wie ein Traumbild, das unsere Sinne trügt, mischte sich unter die vordersten Reihen der Kämpfenden, bewarf Turnus mit Geschossen und forderte ihn zum Kampf heraus. Turnus eilte der täuschenden Gestalt entgegen und warf die Lanze nach ihr. Da wandte sie sich um und kehrte ihm den Rücken zu.

Mit gezogenem Schwert und unter höhnischem Rufen folgte Turnus ihr und merkte nicht, dass er schon die Schlachtlinie verlassen hatte.

Nah beim Strand lag eines der etrurischen Schiffe. Dorthin wandte sich das fliehende Bild des Äneas und schien sich zögernd in seinen Schlupfwinkeln zu verbergen. Turnus folgte, sprang über die Brücke und fasste Fuß auf dem Vorderdeck.

Jetzt hatte Juno ihren Zweck erreicht. Kaum hatte Turnus das Deck berührt, riss sie das Seil ab und ließ das Schiff von der gerade zurückrollenden Ebbe hinaus in die See tragen.

Inzwischen tobte der echte Äneas weiter im Kampf und suchte vergebens nach dem entfernten Feind. Sein Schattenbild aber verließ den Winkel, in dem es sich verborgen hatte, und flatterte, von Turnus unbemerkt, in die Luft. Als dieser seinen Feind nicht fand und von der Meeresströmung davongetragen wurde, schaute er zum Land zurück, ratlos und ohne Dank für seine Rettung.

„Allmächtiger Vater", rief er, die Hände zum Himmel erhoben, „hältst du mich so großer Schande würdig, willst du mich so hart bestrafen? Alle meine Freunde habe ich im grausamen Todeskampf zurückgelassen. Wie kehre ich zu ihnen zurück? O dass der Meeresgrund sich unter mir auftäte, dass die Winde mein Schiff an einer Klippe zerschellten!"

Zuerst dachte er daran, sich ins Schwert zu stürzen, und hatte es schon aus der Scheide gezogen. Doch der Versuch, zu den Seinen zurückzukehren, erschien ihm für sie sinnvoller. Und so sprang er, bewaffnet wie er war, ins Meer. Aber Juno trieb ihm die Wellen entgegen. Die Strömung nahm ihn mit sich fort, und erst bei seiner Vaterstadt Ardea spülten ihn die Wellen ans Land.

Die Schlacht vor den Lagermauern wütete weiter. Die Trojaner waren im Vorteil und jubelten. Aber der vertriebene König von Agylla, der Etrusker Mezentius, der wildeste Bundesgenosse der Rutuler, der bisher bei der Nachhut geblieben war, brach jetzt vor und stürzte sich auf die Feinde. Als die Etrusker ihren Todfeind herankommen sahen, stürmten sie in ihrem alten Hass alle auf den einen los und bedrängten ihn von allen Seiten mit ihren Geschossen. Er aber stand wie ein Fels im Meer und streckte Etrusker und Phrygier, wer auch immer ihm nahte, zu Boden. Bald war der Kampf wieder ins Gleichgewicht gesetzt und schon konnten sich die Trojaner nicht mehr Sieger nennen. Mezentius hatte eine Gasse in die Feinde gebrochen und furchtbar schritt seine hohe Gestalt in den mächtigen Waffen einher.

Da bemerkte Äneas, der inzwischen auf der anderen Seite des Kampfes getobt hatte, den furchtbaren Feind aus der Ferne, ließ plötzlich vom Gefecht ab und wandte sich ihm entgegen.

Mezentius aber bremste seinen Schritt auf Schussweite von seinem Gegner, ergriff mit der Linken die Hand seines Sohnes Lausus, der schon lange an seiner Seite kämpfte, hob mit der Rechten den Wurfspieß, schwenkte ihn in der Luft und rief: „Jetzt kommt's drauf an, du, mein Arm, der du schon immer mein Gott warst, denn ich kenne keinen anderen, und du, mein Speer, jetzt gilt's! Du aber, mein Sohn Lausus, sollst das lebendige Siegeszeichen über diesen Räuber werden, wenn du in seiner erbeuteten Prachtrüstung strahlst!"

Dann warf er den zischenden Wurfspieß seinem Gegner zu. Der prallte aber von Äneas' Schild zurück und traf Antores, einen edlen argivischen Auswanderer, der mit Euander nach Italien gekommen war. Nun brach dieser zusammen und schickte seinem fernen griechischen Heimatland einen Seufzer der Sehnsucht.

Darauf schleuderte auch Äneas seinen Speer ab. Dieser durchbohrte den dreifachen Erzschild des Feindes und fuhr Mezentius in die Seite. Als Äneas das Blut des Etruskers fließen sah, riss er erfreut sein Schwert von der Hüfte und drang wütend auf ihn ein.

Entkräftet zog sich Mezentius mit dem durchbohrten Schild zurück. Tränen rollten seinem guten Sohn Lausus aus den Augen, als er den Vater verwundet sah. Er brach mit seinem Schild vor und lief dem Trojaner, der schon mit seiner Rechten zum tödlichen Streich ausholte, unter die drohende Klinge, indem er dem Vater seine Waffe zum Schutz vorhielt. Seine Gefährten folgten ihm mit großem Geschrei, und alle schleuderten Geschosse, sodass Äneas mitten in seinem Zorn innehalten und sich mit seinem Schild bedecken musste.

Von Lanzen umhagelt, rief er dem Lausus zu: „Wahnsinniger, was rennst du in den Tod? Deine Liebe betrügt dich über deine Kräfte!"

Als aber Lausus nicht wich, verdoppelte sich der Zorn des Helden, und nun stieß ihm Äneas das Schwert mitten durch den Leib. Aber als Äneas in das erblassende Gesicht des sterbenden Jungen sah, da empfand er Mitleid mit ihm, und das Bild der kindlichen Liebe erfüllte sein eigenes Vaterherz.

Er streckte die Hand nach dem Sterbenden aus und rief: „Unglücklicher Junge, du hättest Besseres von mir für deinen Mut und deine Liebe verdient! Deine leichte Rüstung und dein goldenes Gewand, die dich erfreuten, sollen nicht von dir genommen werden. Genau so, wie du bist, sollst du bei deinen Vätern schlafen dürfen. Und so wenigstens sollst du erfahren, dass du von einem großmütigen Feind besiegt wurdest!"

So sprach Äneas, hob ihn selbst von der Erde empor, damit die Locken nicht von Staub und Blut besudelt würden, und ermahnte seine erschrockenen Gefährten, den Leichnam in Empfang zu nehmen.

Der verwundete Mezentius hatte sich inzwischen an den Tiberstrand gerettet und stillte, an einen Uferbaum gelehnt, das Blut seiner Wunde mit dem Wasser des Flusses. Sein eiserner Helm hing an einem Ast, seine schwere Rüstung lag im Gras. Junge, auserwählte Streitgefährten standen um ihn her. Er selbst, schwach und keuchend, stützte seinen Kopf mit der Hand, und sein Bart fiel ihm auf die Brust herab. Immer wieder fragte er nach seinem Sohn Lausus. Viele Boten sandte er, die ihn herbeirufen, die ihm die Befehle seines besorgten Vaters bringen sollten. Da näherte sich die weinende Schar der Freunde, die den toten Jungen mit seiner klaffenden Brustwunde auf dem Schild herbeitrugen.

Mezentius, Unheil ahnend, verstand ihr Wehklagen schon in der Ferne. Als sie angekommen waren, streute er Staub auf sein graues Haar, streckte die Hände zum Himmel und klammerte sich dann um den Leichnam.

„Ist es möglich?", rief er. „Geliebter Sohn, konnte mich der Lebenswille dazu bringen, dass ich dich an meiner Stelle in die Hand des Feindes rennen ließ? Muss dein Tod mein Leben sein? Weh mir, jetzt erst wird mir die Verbannung aus dem Etruskerland zur unerträglichen Qual! Jetzt erst fühle ich meine Wunde! Ist es möglich, dass ich noch lebe, dass ich das Tageslicht und die Menschen nicht verlasse? Aber ich will sie verlassen!"

Mit diesen Worten richtete er sich auf bis zur kranken Hüfte, und so tief die Wunde auch saß, verlangte er doch nach seinem Pferd. Dieses war seine Freude, dies war sein Trost: Noch aus allen Gefechten hatte es ihn siegreich zurückgetragen. Auch das Streitpferd schien über den Kummer seines Herrn zu trauern. Es stand mit gesenktem Kopf da und die Mähne floss regungslos über seinen Hals.

„Wir haben lange gelebt, guter Rhöbus", redete der verwundete Held sein Pferd an, „wenn irgendetwas auf der

Erde lang ist. Aber heute noch wirst du als Sieger mit mir Lausus rächen und Kopf und Rüstung des Mörders blutig heimtragen oder wir fallen miteinander. Denn du wirst, hoffe ich, keinen Trojaner tragen wollen!"

Schnell bewaffnete er sich wieder, so gut es die Wunde erlaubte. Das Eisen des Helmes umleuchtete seinen Kopf, der Pferdeschweif auf seinem Helm flatterte in den Lüften. Seine Hand hielt ein Bündel Speere. So trugen ihn Schmerz, Wahnsinn und Mut hoch zu Pferd wieder in die Schlacht.

„Das gebe Jupiter und Apollo", rief Äneas erfreut, als er den Gegner wieder auf sich zukommen sah, „dass du den Zweikampf mit mir erneuerst!"

Und dann eilte er ihm mit gehobenem Speer entgegen.

Mezentius rief dagegen: „Glaubst du, mich noch schrecken zu können, nachdem du mir den Sohn entrissen hast? Ich fürchte den Tod nicht. Ich frage nach keinem Gott. Sterben will ich, aber dir sende ich zuvor diese Gabe!"

Darauf schickte er seinen ersten Speer zu seinem Feind, und einen zweiten und einen dritten, indem er ihn dreimal dazu mit seinem Pferd umkreiste.

Äneas drehte seinen Schild nach den Würfen und wehrte die Geschosse, eins um das andere, mit der goldenen Schutzwaffe ab. Dann brach er hervor und schleuderte seine eigene Lanze dem Streitpferd des Feindes in die Schläfe. Das Tier bäumte sich auf, streckte seine Vorderhufe in die Luft, warf den Reiter ab und deckte ihn fallend mit dem Rücken. Ein Schrei stieg aus den beiden Heeren zum Himmel.

Äneas aber flog herbei, riss das Schwert aus der Scheide und rief höhnend: „Wo ist nun der wilde Mezentius, wohin hat er sich verkrochen?"

„Grausamer", seufzte der Gefallene vom Boden hoch, „verspottest du mich noch im Tod? Immerhin sterbe ich den edlen Tod in der Schlacht! Nur eine Bitte habe ich an dich: Gönne meinem toten Körper die Decke des Bodens. Du weißt, dass mich wilder Hass alter Untertanen umringt. Wehre ihre Wut von mir ab, gönne mir ein Grab mit meinem Kind!"

So sprach er und bot den Hals dem Schwert des Feindes dar. Sein Blut strömte auf die Rüstung und sein Leben war dahin.

DRITTER TEIL

Waffenstillstand

Die Morgenröte stand über dem Schlachtfeld, das die Trojaner als Sieger besetzten. Äneas richtete auf einem Hügel ein Siegeszeichen auf. Der Stamm einer riesigen Eiche, von dem alle Äste abgehauen waren, wurde mit der funkelnden Waffenrüstung des Feldherrn Mezentius bekleidet: Rechts wurden der blutige bebuschte Helm, die zerbrochenen Speere des Fürsten, sein Panzer, der zwölfmal von Geschossen getroffen und durchbohrt war, aufgehängt, links der eiserne Schild und an seinem Gurt das Schwert in der Scheide aus Elfenbein.

Alle trojanischen Führer drängten sich um das Denkmal, und Äneas weihte die Beute feierlich dem Schlachtengott.

Danach gingen sie zurück ins Lager, wo der alte Arkadier Acötes, der als Waffenträger und Gefährte seinem geliebten Zögling gefolgt war, den toten Pallas bewachte. Eine Schar von Dienern und mitfühlenden Trojanern und Trojanerinnen mit aufgelöstem Haar umstand den Leichnam, der in einer Halle der Lagerburg untergebracht war.

Als Äneas eintrat, erhob sich lautes Stöhnen. Alle Anwesenden schlugen sich an die Brust und die Burg dröhnte vor Jammer. Als nun Äneas Pallas mit blassem Gesicht auf dem Polster liegen sah, in der jugendlichen Brust die offene Speerwunde, da begann er zu weinen.

„Unglücklicher Junge, es war dir nicht vergönnt, das Reich, das du deinen Freunden zu gründen halfst, zu sehen, um als Sieger in die Heimat zurückzukehren! Ein solches

Schicksal habe ich deinem Vater Euander nicht versprochen, als er mich beim Abschied umarmte und sprach: ‚Hüte dich, du gehst in den Kampf mit einem streitbaren und harten Volk!' Weh uns, vielleicht bringt jetzt, da wir deinen Leichnam bestatten, dein Vater den Göttern Gelübde für dich dar!"

So sprach er weinend und befahl, die Leiche auf ein Geflecht aus Eichenzweigen zu legen und ins Lager zu tragen. Dort wurde der junge Mann auf einem hohen Grashügel mitsamt der Tragbahre niedergelassen und lag da nun wie ein gepflücktes Veilchen oder eine welkende Hyazinthenblüte, von der Schönheit und Farbenschimmer noch nicht ganz gewichen sind. Äneas selbst brachte zwei purpurne, mit Gold durchwobene festliche Gewänder herbei, die Dido selbst angefertigt hatte. In das eine hüllte er den Leichnam des Jungen, das andere schlang er um seine Locken. In diesem Schmuck sollte der Tote zu seinem Vater nach Pallanteum zurückgeschickt werden.

Dem Zug schlossen sich erbeutete Gefangene, mit Waffen beladene Pferde, Pallas' alter Diener Acötes, der sich das Haar zerraufte und die Brust mit Fäusten schlug, und zuletzt Athon, das Streitpferd des Königssohnes, an, das mit gesenktem Kopf einherschritt und Tränen vergoss wie ein Mensch. Dann kamen die Fürsten der Etrusker und Arkadier und ein Trauergefolge von Trojanern, alle mit gesenkten Waffen.

Äneas sah dem Zug nach, bis er aus seinen Augen verschwand, rief dem Toten ein letztes Lebewohl zu und kehrte wieder ins Lager zurück.

In der Zwischenzeit waren aus der Stadt Gesandte des Latinus mit Ölzweigen in der Hand angekommen. Sie flehten um die Erlaubnis, ihre Toten bestatten zu dürfen.

Äneas gewährte ihnen ihre Bitte sofort und sprach: „Welche Verblendung, ihr Latiner, hat euch unsere Freundschaft verschmähen lassen und in diesen großen Krieg verwickelt? Ihr begehrt Frieden für eure Toten? Wie gern gewährte ich ihn auch den Lebenden! Außerdem hätte ich mich eurem Land wohl niemals genähert, wenn dieser Platz mir nicht durch das Schicksal angewiesen worden wäre. Dazu führe ich keineswegs Krieg mit eurem Volk. Nicht dieses, nur euer König hat unseren Bund verschmäht und sich lieber den Waffen des Turnus anvertraut. Wenn Turnus den Krieg mit der Faust fortsetzen und die Trojaner auf keinen Fall im Land dulden will, nun, so werfe er sich in seine Rüstung und kämpfe mit mir, Mann gegen Mann. Soll dann derjenige recht behalten, dem ein Gott und seine Faust das Leben schenkt. Jetzt aber geht und legt eure armen Mitbürger auf den Scheiterhaufen."

Als die Gesandten so milde Worte aus dem Mund des Trojanerfürsten hörten, staunten sie und sahen einander schweigend an.

Schließlich sprach der alte Drances, von jeher Turnus' Feind: „Held von Troja, was soll ich mehr an dir bewundern, deine kriegerische Tugend oder deine Gerechtigkeit? Wir gehen, um voll Dank unserer Vaterstadt deinen Wunsch zu verkünden und, wenn es möglich ist, König Latinus mit dir zu versöhnen."

Alle Gesandten zeugten dieser Rede Beifall.

Es wurde ein Waffenstillstand für zwölf Tage geschlossen, in dessen Schutz nun Latiner und Trojaner durcheinander ungefährdet auf den waldigen Berghöhen umherstreiften. Eschen und Fichten wurden mit Äxten gefällt, Eichen, Zedern und Buchen mit Keulen gespalten. Mit Holz schwer beladene Wagen rollten in die Stadt der Latiner.

113

Inzwischen war die Nachricht von Pallas' Tod zur Stadt des Euander gedrungen, die bisher nur von den Siegen ihres Königssohnes gehört und geträumt hatte. Unaussprechliche Niedergeschlagenheit bemächtigte sich des Königs und aller Bürger. Mit Leichenfackeln in der Hand stürzten die Arkadier zu den Toren hinaus, und vom langen Zug der Flammen leuchtete der Weg. Auf der anderen Seite kam ihnen die wehklagende Schar der Phrygier mit dem Leichnam entgegen.

Als die Frauen der Arkadier den Zug auf die Häuser der Stadt zukommen sahen, erfüllten sie die Straßen mit lautem Weinen. Jetzt ließ sich auch König Euander nicht mehr zurückhalten. Er ging der Schar entgegen, und als die Tragbahre abgestellt wurde, warf er sich über die Leiche seines Sohnes und ließ seinem Schmerz mit lautem Schluchzen und Klagen seinen Lauf.

Volksversammlung der Latiner

Trojaner und Latiner hatten ihre Toten unter Tränen und Opfern bestattet. Am lautesten und längsten trauerten die Latiner. Trauernde Mütter, Witwen, Schwestern, Jungen, ihrer Väter beraubt, irrten durch die Stadt, verfluchten den Krieg und Turnus' Eheversprechen. Diese Stimmung verstärkte noch der Abgesandte Drances, indem er versicherte, dass nur Turnus von Äneas herausgefordert werde, um den Krieg durch einen Zweikampf zu entscheiden. Auf der anderen Seite wurde auch Turnus von der entgegengesetzten Meinung eifrig verteidigt, denn ihn deckte der mächtige Name der Königin Amata. Und sein eigener Ruhm und die errungenen Siege verherrlichten ihn in den Augen des Volkes.

114

Die Niedergeschlagenheit der Latiner wurde unterdessen noch durch eine Botschaft vergrößert, die eine lang gehegte Hoffnung zunichte machte. Im südlichen Teil Italiens, in Daunien [*das heutige Apulien*], lebte der große Griechenheld Diomedes, der Sohn des Tydeus.

Er war dort bei der Rückkehr von Troja in seine Heimat Ätolien durch die Nachstellungen seiner untreuen Frau zurückgehalten worden. Diomedes hatte in Daunien die Stadt Argyripa gegründet. Gleich beim Ausbruch des Krieges hatte Turnus zu diesem alten Feind der Trojaner einen Rutulerhelden namens Venulus geschickt. Dieser hatte Diomedes gemeldet, dass Trojaner, angeführt von Äneas, dem Schwiegersohn des Königs Priamus, sich im Latinerland niedergelassen hätten und dort ein zweites Troja gründen wollten. Turnus hatte von König Diomedes Hilfe gegen diese verhassten Ankömmlinge verlangt.

Mitten in die Aufregung hinein, kam nun Venulus zurück und brachte nicht die erwünschte Antwort mit. Damit war die letzte Hoffnung des alten Königs Latinus verschwunden. Niedergebeugt von Kummer, rief er die Häupter des Volkes zu einer großen Versammlung in seinen Palast, setzte sich mit düsterer Stimmung auf seinen Thron und forderte den zurückgekommenen Boten mit seinen Begleitern auf, Bericht zu erstatten.

„Bürger", begann Venulus, „wir sahen den Helden Diomedes und seine Stadt, unter den Eichenwäldern des Berges Garganus auf der schönen Anhöhe gelegen. Als wir ihm Namen und Heimat genannt, unsere Geschenke vor ihm ausgebreitet und ihm gemeldet hatten, wer mit uns Krieg führt, erwiderte uns der große Fürst freundlich: ‚O ihr glücklichen Völker Ausoniens, die ihr unter der Obhut des guten Saturnus lebt, welch ein Schicksal stört eure Ruhe? Wir Sieger

Trojas sind die elendesten unter allen Sterblichen! Selbst Priamus müsste uns bemitleiden, wenn er sähe, wie schwer wir unseren Übermut büßen müssen. Der Lokrer Ajax hat im Meer sein Grab gefunden, Agamemnon wurde im eigenen Haus erschlagen, Menelaus irrt in Ägypten umher, Odysseus zitterte vor den Zyklopen. Auch mir haben die Götter die Wiederkehr in meine Heimat missgönnt, erspart es mir, euch davon zu erzählen! Ich bin kein Mann des Glückes mehr, seit ich es gewagt habe, die unsterbliche Venus im Kampf zu verwunden! Darum reizt mich nicht zu neuen Gefechten! Seit Troja gefallen ist, bin ich kein Feind der Trojaner mehr, denke auch nicht mit Freuden an das Übel zurück, das ich ihnen zugefügt habe. Überreicht die Geschenke, die ihr mir bringt, dem Äneas! Ich habe mich im Kampf mit ihm gemessen, glaubt mir: Er ist ein gewaltiger Mann, wenn er sich mit seinem Schild emporbäumt und im Wirbel die Lanze dreht! Wären nach Hectors Tod noch zwei Männer wie er in Troja gewesen, so hätte die Welt nichts von unserem Sieg zu erzählen. Darum bietet ihm die Hände zum Frieden, solange es noch Zeit ist. Seinen Waffen seid ihr nicht gewachsen.'"

Als Venulus seinen Bericht beendet hatte, entstand ein murrendes Tosen in der Volksversammlung, wie ein rauschender Bach.

Als endlich Stille einkehrte, sprach König Latinus von seinem hohen Thron herab: „Wir führen einen unglückseligen Krieg, ihr Bürger, mit unbezwinglichen Männern, mit einem Göttergeschlecht. Beherzigt deswegen, was ich euch verkünden will. Nicht weit vom Tiber, gegen Westen, besitze ich ein altes Gebiet, das von Rutulern und Aurunkern bebaut und beweidet wird und von Fichtenbergen begrenzt ist. Dieses will ich den Trojanern abtreten und sie als

Reichsgenossen aufnehmen. Dort mögen sie sich ansiedeln und die verheißene Stadt gründen. Ziehen sie es aber vor, ein anderes Land aufzusuchen, so wollen wir ihnen Erz, Schiffsbauzeug und Hände darreichen, um sich fünfzig Ruderschiffe zu bauen und auszurüsten. Außerdem sollen hundert Gesandte aus Latiums edelsten Geschlechtern sich aufmachen, mit Friedenszweigen in der Hand, und ihnen Gold, Elfenbein, Mantel und Thron als Reichskleinodien darbringen."

[*Mit „Reichskleinodien" sind Herrschaftszeichen gemeint. Damit bestätigt Latinus, dass er Äneas und seine Trojaner als Mitglieder seines Reiches anerkennt.*]

Da stand der alte Drances in der Versammlung auf, kein Kriegsheld mehr, aber ein reicher, redegewandter Mann, der seit Langem Turnus' Ruhm mit Argwohn betrachtete, und rief: „Vortrefflicher König, es fehlt nur eines noch! Du solltest zu den herrlichen Geschenken für die Trojaner auch noch die Hand deiner Tochter Lavinia hinzufügen und so den Frieden mit einem ewigen Bund besiegeln!"

Als Turnus, der gerade erst von seiner Vaterstadt zurückgekehrt war und sich unter die Volksversammlung gemischt hatte, diese Worte hörte, kochte er vor Wut und rief: „O Drances, sooft der Krieg Fäuste verlangt, bist du mit der Zunge da! Jetzt aber gilt es nicht, den Ratssaal mit Worten anzufüllen: Die Feinde umringen unsere Stadt, es will gefochten sein! Was soll uns der Ätolier Diomedes helfen, wenn unser eigener Arm, wenn Latium, wenn ganz Volskerland, das sich für uns erhoben hat, es nicht vermag? Wenn es sich aber nur um meine Seele handelt, die ist euch längst geweiht. Wenn es wahr ist, dass Äneas mich allein herausfordert: Ich bin Turnus, er soll mich finden!"

Während die Latiner sich so über die Lage ihres Reiches stritten, kam Äneas mit seinem ganzen Gefolge heran. Und

117

plötzlich stürmte die Botschaft durch den Palast, dass die Trojaner und Etrusker vom Tiber heraufgezogen kamen.

Neue Schlacht · Kamilla fällt

Die Versammlung stob auseinander, aus der ganzen Stadt warf sich alles in Hast auf die Mauern. Die Stadttore wurden mit Gräben verschanzt, Steine wurden aufgehäuft, Palisaden in den Boden gerammt, das Schlachthorn schmetterte. Mütter und Männer stellten sich in bunten Reihen auf den Mauerkranz. Auf einem hohen Wagen fuhren Königin Amata und an ihrer Seite mit gesenktem Blick ihre Tochter Lavinia, die Ursache so vielen Leides, durch den Schwarm der Frauen zur Burg der Stadt, um dort im Tempel der Minerva Gebet und Opfer darzubringen.

Turnus selbst rüstete sich eilig zum Kampf. Er legte sich den schuppigen Harnisch an, die Goldschienen an die Beine und schnallte sich das Schwert an die Seite. Dann setzte er sich den goldenen Helm auf und eilte, funkelnd von Kopf bis Fuß, voller Siegeshoffnung von der Königsburg hinab.

Unter dem Tor begegnete ihm Kamilla, hinter sich den Zug ihrer Volsker. Als sie den Helden erblickte, sprang die junge Königin vom Pferd, und das ganze Geschwader folgte ihr.

Dann sprach sie zum Rutulerfürsten: „Turnus, wenn auch ein Starker wie du mit Recht auf sich selbst vertraut, so gelobe ich dir dennoch heute, die Schar des Äneas zu besiegen und mich allein mit meinen volskischen Reitern ihm entgegenzuwerfen."

Der Held erwiderte erfreut: „Dieser Mut erhebt dich hoch über alle Frauen und in den Rat der Männer. Von nun an sollst du die ganze Kriegsarbeit mit mir teilen. Meine Späher melden mir, dass Äneas seine leichten Reitergeschwader vorausgesandt hat. Er selbst schreitet mit dem Heer über den Bergrücken auf die Stadt zu. Dort will ich ihm in einem hohlen Waldweg einen Hinterhalt bereiten und beide Seiten des engen Pfades mit Kriegern besetzen. Du dagegen sollst die etruskischen Reiter mit deiner Reiterei empfangen und ich gebe dir den Helden Messapus mit den latinischen Geschwadern an die Seite. Die Oberfeldherrnschaft aber sei dir selbst anvertraut, unvergleichliche Frau!"

Nach diesen Anweisungen ging Turnus seinen eigenen Weg. Durch ein enges Tal mit vielen Krümmungen, das von beiden Seiten eine dicht bewaldete schwarze Bergwand begrenzte, führte ein schmaler Fußpfad. Darüber, oben auf dem Berggipfel, lag, zwischen Wäldern verborgen, ein ebenes Feld, wo sich ein sicherer Hinterhalt aufstellen ließ und von wo aus man rechts oder links angreifen oder aber von der Höhe herab Steine ins Tal hinunterwälzen konnte. Dorthin zog Turnus mit seinen Scharen und lagerte sich auf der Höhe und in den Wälderschluchten.

Währenddessen rückten die Trojaner und ihre etruskischen Bundesgenossen mit den Reitergeschwadern immer näher an die Mauern. Die Pferde brausten durch die Ebene, eiserne Spieße wurden emporgereckt und die Felder schienen von den erhobenen Waffen zu brennen. Gegenüber erschienen die Latiner, an der Spitze Messapus mit seinem Bruder Koras, und die von Kamilla angeführte Reiterei der Volsker.

Als die Heere einander auf Speerwurfweite nahe gekommen waren, standen sie einen Augenblick still und brachen dann plötzlich mit Geschrei aufeinander los. Die Reiter trieben ihre Pferde an, und von allen Seiten flogen Geschosse wie Schneeflocken, sodass die Luft ganz dunkel wurde.

Sobald die feindlichen Scharen Speer gegen Speer miteinander kämpften, begann die Schlachtordnung der Latiner zu wanken. Sie warfen ihre Schilde auf den Rücken und lenkten ihre Pferde zurück in die Stadt. Aber ihre Flucht war nur gestellt. Sobald sie bei den Mauern angekommen waren, drehten sie sich wieder um und warfen sich mit neuem Kampfgeschrei auf die verfolgenden Etrusker, die nun ihrerseits zurückwichen.

So ging es zweimal, und erst beim dritten Mal wurde das Aufeinandertreffen zur stehenden Schlacht, in der sich alle untereinandermischten und jeder Mann gegen Mann kämpfte. Jetzt erscholl bald das Stöhnen der Sterbenden. Waffen und Leichen wälzten sich im Blutstrom, halb lebende Pferde lagen unter Leichnamen und andere bäumten sich über ihren abgeworfenen Reitern.

Mitten im Kampf, wie eine Amazone gekleidet, tobte die Volskerin Kamilla. Sie sandte bald Pfeile vom Bogen, bald schlanke Lanzen mit der Hand. Dann wieder griff sie zur Streitaxt und auf ihrer Schulter schallte klirrend ihr goldener Köcher. Ein auserwähltes Gefolge tapferer junger Frauen umgab sie – Larina, Tulla und Tarpeja –, die sie sich selbst als Gesellschaft ausgesucht hatte und die in Krieg und Frieden ihre treuen Begleiterinnen waren. Viele Phrygier stürzten unter ihren Würfen und Hieben.

Endlich begegnete Kamilla im Kampf auch einer der tapfersten Apenninenbewohner, der streitbare Sohn des Aunus, ein Ligurier. Der Anblick der furchtbaren Frau erschreckte ihn, und als er sah, dass es ihm nicht mehr möglich war, dem Kampf zu entrinnen und die ihn bedrängende Feindin abzulenken, überlegte er eine neue List.

Er rief: „Was ist denn so groß daran, wenn eine Frau sich einem tapferen Pferd anvertraut! Steig von deinem Pferd und versuche den Kampf mit mir auf ebenem Boden. Dann wollen wir sehen, ob dein flüchtiges Prahlen standhält!"

Diese Worte waren ein Stachel ins Herz der jungen Frau. Sie übergab ihrer nächsten Gefährtin das Pferd und stellte sich dem jungen Mann, nur mit Schwert und Schild bewaffnet, zum gleichen Fußkampf. Der Junge aber glaubte, seine List sei gelungen. Ohne abzusteigen, gab er seinem Pferd die Sporen und ergriff die Flucht.

„Betrüger!", rief die Heldin Kamilla, als sie ihn fliehen sah. „Deine List wird dich nicht zu deinem betrügerischen Vater Aunus zurückbringen!"

Zugleich eilte sie mit geflügelten Sohlen dem Pferd voran, fiel ihm in die Zügel und stieß von vorn dem Reiter das Schwert in den Leib.

Aber auch auf der Gegenseite erhob sich ein gewaltiger Held, der Etruskerkönig Tarchon. Dieser trieb flüchtende Scharen vor sich her, lobte und ermunterte seine Männer, nannte jeden mit Namen, frischte die Zurückgedrängten zu neuem Kampf auf und trieb unbekümmert um den Tod sein Pferd mitten in die Schlacht hincin. Hier stieß er auf Venulus, dem er sich stürmisch entgegenwarf, ihn vom Pferd riss und ihn mit dem rechten Arm umschlang. So trug er ihn auf seinem eigenen Pferd im Flug davon.

Die staunenden Latiner folgten ihm mit Blicken und Geschrei, während er versuchte, seinem geraubten Feind mit dem abgebrochenen Schaft von dessen eigener Lanze eine Todeswunde durch die Rüstung hindurch zu versetzen. Venulus aber wehrte sich und hielt die Hand vor die Kehle. So sah das Paar aus wie ein Adler, der eine geraubte Schlange durch die Lüfte entführt: Das blutende Tier ringelt sich und bäumt sich immer mehr auf. Der Vogel aber lässt die Beute nicht aus dem krummen Schnabel und peitscht die Lüfte mit seinen Flügeln.

Die Etrusker folgten dem Glück und Beispiel ihres Anführers und stürmten wieder mutiger voran.

Auch Kamilla fand einen mutigen Gegner in den Reihen der Etrusker. Der Held Arruns schwärmte mit seinem Speer um die rasche Amazone her und wich ihr nicht von der Seite. Nun verfolgte Kamilla gerade den phrygischen Kybelepriester Chloreus, dessen schuppiger Panzer mit goldenem Geflecht sich wie ein gefiedertes Gewand um seinen Körper legte und den ein Überwurf von dunklem Purpur bedeckte. Ein goldener Helm strahlte auf seinem Kopf, ein Köcher aus Gold klirrte um seine Schultern und er schoss die schärfsten Pfeile von seinem Bogen ab. Die volskische junge Frau hatte es auf seine ausländischen Waffen abgesehen und so verfolgte sie ihn. Als sie nun ganz mit Sinn und Blick auf diesen Feind gerichtet war und dabei Arruns aus den Augen gelassen hatte, warf dieser plötzlich und unvermutet seinen Speer.

Dabei flehte er zu Apollo, dass er ihn nicht einer Frau unterliegen lassen wolle. Phöbus erfüllte halb seinen Wunsch. Die umringenden Volsker hörten die Lanze daherrauschen und suchten mit den Augen ihre Königin. Sie selbst aber dachte an keine Gefahr, bis ihr das Geschoss in die Brust fuhr und ihr Blut aus der Wunde drang. Zitternd eilten ihre Gefährtinnen herbei und hoben ihre Herrin auf. Arruns aber, über seine eigene Tat erschrocken, floh, vor Freude und Furcht bebend wie ein Wolf, nachdem er einen Hasen erlegt hat, noch bevor die Pfeile ihn verfolgen. Genau so stahl sich Arruns davon und mischte sich hastig unter die Reiter.

Kamilla aber zog sterbend an dem Eisen, dessen Spitze

ihr eine tiefe Wunde in die Rippen gebohrt hatte. Ihre Augen brachen und sie wurde blass.

Leise flüsternd sprach sie zu Akka, ihrer liebsten Gefährtin: „Flieh, du Liebe, und überbringe dem Turnus meine letzten Befehle, denn um mich her wird alles Nacht: Er soll von nun an den Kampf leiten und die Stadt vor den Trojanern beschützen!"

So sprach sie, ließ die Zügel los und glitt vom Pferd auf den Boden herab. Dann starb sie.

Die Volsker erhoben ein Geschrei der Verzweiflung bei ihrem Tod und nun entbrannte die Schlacht noch wilder. Da traf auch Kamillas Mörder, den Etrusker Arruns, ein Pfeil, von unsichtbarer Hand abgeschossen. Es war Dianas Schuss, die ihre geliebte Jägerin rächte. [*Diana war die Göttin der Jagd.*] Die Freunde des Getöteten stiegen zum andauernden Kampf über seinen Leichnam und dieser blieb vergessen im Staub liegen.

Nach dem Tod ihrer Anführerin begann nun zuerst Kamillas Reitergeschwader zu fliehen, darauf auch die Rutuler. Alle flogen mit abgespannten Bogen, die Pferde antreibend, über das Feld dahin.

Eine staubige schwarze Wirbelwolke wälzte sich den Stadtmauern entgegen, von den Zinnen stieg ein Wehklagen der Mütter in die Lüfte. Und bald waren die Tore von den nachfolgenden Scharen fast zugleich mit den Feinden erreicht und unter Gemetzel drangen die Sieger in die Stadt ein.

An anderen Stellen wurden die Stadttore von den verzweifelten Bürgern vor den Flüchtenden geschlossen. Diese, zu den Feinden hinausgesperrt, starben durch die Geschosse der siegreichen Gegner vor den Toren.

Unterdessen gelangte die Schreckensnachricht auch zu Turnus ins dunkle Waldtal, denn Akka suchte ihn in seinem Hinterhalt auf und berichtete ihm vom Tod ihrer Herrin und der verlorenen Schlacht. Von Wut und Schmerz innerlich zerrissen, verließ er auf der Stelle den Wald und stürmte in die Ebene hinab.

Kaum hatte er sein Versteck verlassen, kam Äneas sorglos mit seinen Gefährten vom Gebirge her in die Schluchten des Tales. Als sie aus dem finsteren Wald heraustraten, wurden sie auf der Ebene vor der Stadt sichtbar. Da sah Äneas Turnus' Heer vor sich her ziehen. Auch dieser hörte Heerestritte und Pferdegeschnaube hinter sich, drehte sich um, erkannte den zornigen Äneas und stellte sich in Schlachtordnung ihm gegenüber auf. Wäre nicht schon die Zeit des Sonnenuntergangs gewesen, hätten beide Heere auf der Stelle den Kampf der letzten Entscheidung ausgefochten.

Unterhandlung · Versuchter Zweikampf · Friedensbruch · Äneas wird hinterrücks verwundet

Als Turnus sah, dass die von den Feinden gedemütigten Latiner alle ihre Blicke auf ihn allein richteten und ihn an sein Versprechen zu erinnern schienen, überflog eine Schamröte sein Gesicht. Wie ein verwundeter Löwe sich aufs Neue zur Wehr setzt, die zottige Mähne schüttelt und den Speer des Jägers, der ihm im Leib sitzt, zerbricht, mit den blutigen Zähnen dazu knirschend, so entbrannte sein Kampfeswille wieder.

Er trat vor seinen Schwiegervater Latinus und sprach: „An mir soll die Verzögerung nicht liegen, wenn nur die feigen Trojaner ihr gegebenes Wort nicht brechen! Lass Opfertiere herbeischaffen, Vater, und schließe den Bund! Entweder schicke ich heute noch den trojanischen Flüchtling zum Orcus [*einer der Namen für den Gott der Unterwelt*] hinunter und räche unsere Schande oder ich erliege seinem Schwert und er kann deine Tochter Lavinia zur Frau nehmen!"

Latinus antwortete ruhig: „Je mehr du durch Tapferkeit alle besiegst, desto mehr ist es meine Pflicht, dich zu beraten und alle Möglichkeiten des Schicksals sorgfältig zu überlegen. Von Daunus, deinem Vater her, gehört dir ein großes Reich und du hast ihm manche Stadt durch Eroberung hinzugefügt. Gold und Gunst werden dir durch Latinus zuteil. Latium hat noch genug andere Bräute mit edler Abstammung. Lass mich dir die ganze Wahrheit sagen, so schmerzlich sie für dich auch sei: Die Warnung von Göttern und Menschen hinderte mich daran, einem von den vorigen Brautwerbern meine Tochter zu geben. Dir zuliebe aber, getrieben durch die Verwandtschaft und durch die Tränen meiner Frau, überwand ich alle Zweifel, nahm dich zum Schwiegersohn an und habe mich auf diesen unseligen Krieg eingelassen. Unser Schicksal siehst du. Du allein stehst dem Frieden im Weg. Verzichte auf meine Tochter, und verlange nicht von mir, die Entscheidung erst auf den zweifelhaften Ausgang eines Zweikampfes ankommen zu lassen! Denke an das untreue Kriegsglück! Erbarme dich auch deines alten Vaters, den die Sorge um dich in deiner Vaterstadt Ardea verzehrt."

Aber seine Worte konnten den Rutuler nicht umstimmen, er wurde durch diese sanfte Rede nur noch wilder entflammt. Nicht einmal die Bitten, die Tränen und Umarmungen der Königin wirkten auf sein Herz. Da kam endlich, von den Wehklagen ihrer Mutter aufgeschreckt, auch seine Braut Lavinia herbeigeeilt. Tränen liefen ihr über das gerötete Gesicht. Wie Elfenbein von Purpur überlaufen, wie Lilienschnee von Rosen angeschimmert, so spielten die Farben auf ihrem jungen Gesicht. Turnus richtete einen Blick auf die Geliebte, und seine Gedanken waren einen Augenblick verwirrt, aber die Hoffnung, den verhassten Nebenbuhler zu besiegen, entflammte ihn noch mehr zum Streit.

So sprach er zur Königin: „Mutter, ich bitte dich, verfolge mich nicht mit deinen Tränen, mit deiner bangen Ahnung. Ich habe keine Wahl mehr!"

Dann rief er einen seiner Streitgefährten und sagte zu ihm: „Idmon, eile zum trojanischen Anführer, und bringe ihm meine Nachricht, die ihn nicht freuen wird. Er soll am nächsten Morgen seine Trojaner nicht zum Streit führen, wie ich meine Rutuler nicht: Wir lassen die Heere von allem Streit ruhen. Aber sobald die Sonne aufgegangen ist, wollen wir beide mit unserem Blut den Krieg entscheiden. Nur auf diese Weise soll das Schlachtfeld bestimmen, wem Lavinia zur Frau gegeben wird."

Ins Innere der Burg zurückgekehrt, ließ Turnus seine schneeweißen windschnellen Pferde vorführen, legte sich die Waffen an, ergriff die unbesiegte Lanze und übte mit den Waffen.

Auch Äneas, mit der Botschaft des Rutulerfürsten zufrieden, wappnete sich mit seiner göttlichen Rüstung.

Kaum war die Sonne über den Gipfeln der Berge aufgegangen, maßen Rutuler und Trojaner vor den Mauern der mächtigen Latinerstadt das Feld für den Zweikampf ihrer Feldherren ab und bauten in der Mitte für die gemeinsamen Götter Rasenaltäre auf. Wasser und Feuer zum Opfer, Kränze für die Priester, Tiere und Altäre wurden herbeigebracht.

Dann ergoss sich das gesamte Volk der Italer aus den Toren der Stadt. Von der anderen Seite eilte das verbündete

Heer der Trojaner und Etrusker herbei. Auf ein gegebenes Zeichen zog sich jeder auf seinen Platz zurück und ein geräumiges Feld blieb für den Kampf offen. Die Krieger stießen ihre Spieße in die Erde und lehnten die Schilde an. Aus der Stadt strömte jetzt auch noch unbewaffneter Pöbel heraus, selbst schwache Mütter und gebückte Greise. Innerhalb der Stadt besetzten sich Türme und Dächer mit Zuschauern, selbst auf den höchsten Toren saßen die Schaulustigen.

Jetzt näherten sich die Könige: Latinus kam auf einem vierspännigen Prunkwagen dahergefahren. Von seiner Stirn blitzte ein Diadem mit zwölf goldenen Strahlen zum Zeichen dafür, dass er vom Sonnengott abstamme. Turnus erschien mit einem Zwiegespann aus weißen Pferden und schüttelte zwei Wurfspieße in der Hand.

Auf der anderen Seite eilte aus dem trojanischen Lager Äneas hervor und seine Rüstung samt Schild strahlte wie Sternenschimmer. An seiner Seite ging Julus, sein kräftig heranwachsender Sohn.

Dann brachte ein Priester in reinem Gewand ein borstiges Ferkel und ein langwolliges Lamm und stellte die Tiere an die brennenden Altäre. Die Fürsten wandten ihre Gesichter der aufgegangenen Sonne zu, streuten gesalzenes Mehl auf die Opfer, schoren ihnen die Scheitel mit dem Stahl und gossen das Dankopfer auf die Altäre. Dann beschworen dort Äneas, hier Latinus mit feierlichen Gebeten den Vertrag: Würde Äneas besiegt, so sollten die Trojaner unter Julus Latium auf der Stelle verlassen und sich nach Pallanteum, der Stadt Euanders, zurückziehen. Wäre der Sieg sein, so sollten sich Italer und Trojaner, jedes Volk frei und selbstständig, vereinigen, Latinus herrschen, Äneas die Tochter des Königs gewinnen und sich und seinem Volk

127

eine Stadt bauen und nach dem Namen der Königstochter Lavinia nennen.

Den Rutulern erschien der Kampf ungleich: Ihre Herzen waren unruhig, der Ausgang des Kampfes schien ihnen bei Äneas' überwiegender Heldenkraft sehr unsicher. Ihre Sorge vermehrte sich, als sie ihren Anführer Turnus mit bleichem Gesicht und eingefallenen Wangen schweigend vortreten und mit gesenktem Kopf vor dem Altar stehen sahen. Seiner Schwester Juturna entgingen diese Eindrücke nicht. Sie, eine unsterbliche Nymphe, verwandelte sich schnell in die Gestalt des Helden Kamers, der durch mächtige Ahnen und eigene Taten in großem Ansehen bei dem Rutulervolk stand, und mischte sich mitten unter das Heer.

„Rutuler", flüsterte sie da, „schämt ihr euch nicht, für euch viele streitbaren Männer, die ihr so gut kämpfen könnt, nur eine einzige Seele dem Tod darzubieten? Sind wir unseren Gegnern etwa an Kräften nicht gewachsen? Zählt einmal Trojaner, Arkadier und Etrusker: Ihr werdet sehen, dass, wenn wir uns Mann gegen Mann schlagen wollten, kaum jeder von uns Rutulern und Latinern seinen Gegner finden würde! Turnus freilich wird zu den Göttern, an deren Altar er sich weiht, ruhmvoll emporsteigen, wenn er fällt. Wir aber werden unser Vaterland verlieren, um Herren dienstbar zu sein. Und es geschieht uns recht. Warum saßen wir auch untätig hier im Gras, während wir hätten kämpfen können!"

So sprach Juturna und sie tat noch mehr. Sie schickte den Italern ein die Sinne verwirrendes günstiges Vorzeichen vom Himmel. Ein Goldadler Jupiters schwebte durch den Himmel, scheuchte die Vögel am Ufer des Stromes auf, schwang sich dann plötzlich zu den Wellen hinab und packte mit den Klauen den schönsten Schwan. Die Rutuler sahen staunend zum Himmel auf, wo alle Vögel in einem die

Lüfte verdunkelnden Schwarm plötzlich ihren Feind, den
Adler, der sich mit seiner Beute in den Himmel aufschwang,
verfolgten. Schließlich ließ dieser, durch die Übermacht bezwungen und seine Last erschöpft, den Raub aus den Klauen
los und in den Fluß fallen. Dann suchte er wieder die Höhe
und verschwand in den Lüften. Rutuler und Latiner begrüßten diese Erscheinung mit Freudengeschrei, legten die Hand
an den Schwertgriff und lauschten ihrem Seher Tolumnius,
der ihnen das Zeichen günstig deutete und sie zu den Waffen
greifen ließ. Zugleich warf er selbst zuerst sein Geschoss auf
die gegenüberstehenden Feinde, sodass es zischend die Luft
durchfuhr.

Lärm erhob sich, Verwirrung kam in alle Reihen, alle gerieten in Aufruhr. Tolumnius gegenüber standen nämlich
neun schöne, schlanke Brüder, Söhne des Arkadiers Gylip-
pus und einer einzigen edlen etruskischen Mutter. Einem
von diesen stattlichen jungen Männern war Tolumnius'
Speer an der Gürtelschnalle mitten durch den Leib geflogen
und hatte ihn in den Sand hingestreckt. Die acht Brüder des
Gefallenen, von Schmerz um den Bruder entbrannt, schwangen ihre Lanzen und zückten ihre Schwerter. Gegen sie
stürzte sich nun die Macht der Rutuler.

Jetzt brachen alle Arkadier, Trojaner und Etrusker los.
Die Altäre wurden vom Gedränge zerwühlt, ein Sturm von
Pfeilen durchflog die Luft, ein eiserner Speerhagel ergoss
sich, Latinus selbst floh mit den Götterbildern, durch den
Bruch des Bündnisses vertrieben. Die einen schirrten ihre
Wagen an, die anderen schwangen sich aufs Pferd. Wieder
andere stürzten sich mit gezogenen Schwertern ins Hand-
gemenge. Ein fürchterliches Morden erhob sich.

Äneas aber streckte die unbewaffnete Rechte zum Himmel, warf sich ohne Helm mitten unter seine Gefährten und

rief: „Wo rennt ihr hin, Freunde, welcher plötzliche Streit hat sich erhoben? Bezwingt doch eure Wut, der Bund ist ja geschlossen, die Bedingungen sind festgesetzt. Wer hindert uns Anführer am Kampf?"

Aber während er noch sprach, schwirrte von unbekannter Hand ein Pfeil daher, und verwundet musste der Held den Kampfplatz verlassen.

Sobald Turnus sah, dass Äneas den Platz räumte und die Anführer der Trojaner in Verwirrung gerieten, verlangte er Pferde und Waffen, schwang sich auf den Wagen, lenkte die Zügel in die Schlacht und richtete mit seinen Speeren Verheerung unter den Feinden an oder zermalmte sie unter seinen Rädern.

Während er so auf dem Schlachtfeld Leichen auf Leichen häufte, brachten Mnestheus und Achates zusammen mit Julus den verwundeten Äneas ins Lager zurück, blutend und Schritt für Schritt auf seinen Speer gestützt. Vergebens strengte er sich an, den in seinem Körper steckenden Pfeil herauszuziehen. Er verlangte, dass die Wunde ausgeschnitten werde. Der Arzt Japyx erschien. Auf die Waffe gestützt, stand Äneas vor ihm, unbewegt zwischen seinen weinenden Gefährten. Der Alte aber, der in der Heilkunst sehr erfahren war, brauchte kein gewaltsames Mittel, sondern versuchte mit wirksamen Heilkräutern, den Pfeil in der Wunde zu lockern. Dann fasste er das Eisen mit der Zange und rüttelte mit der Hand an dem Pfeil. Doch all seine Kunst konnte das Geschoss nicht herausziehen. Und während er sich vergebens abmühte, sah man schon die Staubwolke der feindlichen Reiter, dichte Geschosse fielen bereits ins Lager und das Geschrei der Kämpfenden näherte sich.

Äneas wird geheilt · Neue Schlacht · Sturm auf die Stadt

Da hatte Venus Mitleid mit ihrem Sohn. Sie pflückte auf dem Idagebirge der Insel Kreta das wunderbare Kraut Dictamnus mit seinen saftigen Blättern und purpurnen Blumen, brachte es, in eine dichte Wolke gehüllt, ins Lager und träufelte heimlich und unbemerkt etwas von seinem Saft in den Kessel, in dem die Heilkräuter des Arztes brodelten. Außerdem mischte sie noch einige Tropfen Ambrosia [*Speise der Götter, die den Sterblichen vorenthalten bleibt*] und das duftende Panazeenkraut hinzu.

Japyx ahnte nichts davon, aber als er noch einmal die Wunde mit seinem Kräutertee auswusch, da entfloh plötzlich der Schmerz aus Äneas' Körper, die Blutung wurde gestillt und der Pfeil ließ sich mühelos herausziehen. Äneas kam sichtlich wieder zu Kräften.

„Worauf wartet ihr?", rief der Arzt vergnügt. „Schnell, bringt dem Helden seine Waffen! Die Heilung ist nicht aus menschlicher Macht, nicht nach den Gesetzen der Heilkunst erfolgt. Das hat ein Größerer getan als ich, und zu größeren Taten treibt er dich an, o König!"

Äneas, begierig zu kämpfen, legte schnell Schienen und Panzer an, wurde ungeduldig und war froh, als er endlich den Helm auf dem Kopf sitzen hatte und den Speer in den Händen schwang.

In voller Waffenrüstung umarmte er seinen Sohn Julus, küsste ihn durch das Helmgitter und sprach: „Lerne von mir die Tapferkeit, mein Kind, und die wahre Beharrlichkeit. Das Glück aber lerne von anderen!"

Dann schritt die gewaltige Heldengestalt aus den Lagertoren und Antheus und Mnestheus mit dichter Reiterschar drängten ihm nach. Alle strömten aus dem Lager und eine Staubwolke kündigte Turnus ihr Kommen an. Ein Schauder lief ihm durch Mark und Bein. Auch seine Schwester Juturna wandte sich mit ihm, bebend vor Furcht, zur Flucht, und bald tobte der Trojanerheld in der Schlacht wie ein Sturm. Dabei fiel auch der Seher Tolumnius, der als Erster ein Geschoss in die Reihen der Feinde geschleudert hatte.

Die Halbgöttin Juturna aber stieß auf ihrer Flucht Metiskus, den Wagenlenker ihres Bruders, vom Sitz, schwang sich in seiner Gestalt zu ihrem Bruder, ergriff die Zügel und schwirrte nun mit ihm wie eine Schwalbe mitten durch den Feind. Sie zeigte ihn bald da, bald dort, und führte ihn dann wieder weg, sodass niemand ihn zum Kampf einholen konnte.

Auf allen Wendungen verfolgte Äneas den Flüchtenden, blieb ihm unaufhörlich auf der Spur und rief ihn aus der Ferne zum Kampf herbei. Sooft er aber nahe kam, wendete Juturna den Wagen und ermüdete dadurch den vergebens nachfolgenden Helden.

Nun rannte der Latiner Messapus mit zwei Speeren in der Linken herbei und schleuderte einen davon mit sicherem Schwung dem Trojaner entgegen. Äneas stand still, dann bückte er sich und ließ den Speer über sich hinwegfliegen, sodass er ihm nur den Helmbusch herunterstieß. Da rief Äneas die Götter zu Zeugen des gebrochenen Bundes auf und stürzte sich zum schonungslosen Mord tief unter die Feinde.

Dann legte ihm seine Mutter Venus ans Herz, ohne zu zögern, seine Streitmacht seitwärts zu wenden und die Latiner zu verwirren. Während er Turnus' Wagen noch immer verfolgte, fiel sein Blick auf die Mauern und die Stadt, die, noch immer unberührt vom Krieg, in Ruhe dalag. Da rief er seine Helden Mnestheus, Sergestus und Serestus herbei und besetzte die Höhen. Das übrige Trojanerheer zog den Helden nach und drängte sich in einem Kreis um seinen Anführer.

So stand nun Äneas in der Mitte und sprach von einer Erhöhung herab: „Zögert nicht, meine Befehle zu erfüllen. Jupiter steht auf unserer Seite. Wenn die Feinde sich nicht heute unterwerfen, so stürze ich die Stadt des Latinus und mache ihre rauchenden Giebel dem Boden gleich! Soll ich etwa warten, bis es Turnus beliebt, mit mir zu kämpfen? Nein, hier vor euch liegt das Ziel des Krieges. Eilt mit Fackeln herbei, erinnert sie mit Flammen an ihr Bündnis!"

So sprach er und sein ganzes Heer bildete auf der Stelle einen Keil und drängte sich in dichter Masse der Stadt zu. Die Sturmleitern wurden angelegt, Fackelbrände leuchteten, an den Toren tobte der Sturm und fielen die Wachen. Pfeile und Lanzen flogen über die Mauern. Vor allen im Heer hob Äneas seine Rechte zum Himmel, wälzte alle Schuld auf König Latinus und rief die Götter zu Zeugen des gebrochenen Bündnisses an.

Unter den verängstigten Bürgern entstand Streit: Die einen verlangten, man sollte die Stadt für die Trojaner öffnen, König Latinus herbeirufen und zum Abschluss des Friedens zwingen. Die anderen schleppten Waffen herbei, um die Mauern zu verteidigen.

Als Königin Amata die Feinde vom Dach des Palastes aus herannahen sah, die Mauern erstürmt, die Häuser in Brand gesteckt und nirgends Turnus oder sonst ein Rutulerheer, das sich den Feinden entgegenstellte, klagte sie sich selbst laut als die Urheberin alles dieses Unheils an. Sie zerriss sich ihr Purpurgewand und erhängte sich am Deckengebälk ihrer Frauengemächer.

Als die Frauen der Latiner vom Tod ihrer Herrin hörten, ertönte lautes Jammern aus ihren Räumen. Lavinia, ihre Tochter, raufte sich die goldenen Locken aus und zerschlug sich Brust und Wangen. Bald verbreitete sich der Ruf der Trauer durch die ganze Stadt. König Latinus zerriss sein Gewand und jammerte durch den Palast, klagte sich selbst an, dass er den Trojaner nicht sofort in die Stadt aufgenommen und zu seinem Schwiegersohn erwählt hatte.

Turnus stellt sich zum Zweikampf und erliegt · Ende

Turnus setzte inzwischen auf dem Schlachtfeld noch wenigen Fliehenden nach, aber seine Pferde liefen allmählich langsamer und müder. Da scholl ihm von ferne aus der zerstörten Stadt wirres Geschrei und Getöse entgegen, und er ahnte, dass sich dort ein großes Unglück ereignet haben müsse. Er fiel seiner Schwester, die noch immer in Gestalt des Wagenlenkers Metiskus neben ihm im Wagen saß, in die Zügel, zog sie an und hielt in dumpfer Betäubung die Pferde zurück.

Juturna aber sprach ärgerlich zu ihm: „Was ist mit dir, Turnus, willst du auf der Bahn des Sieges stehen bleiben? Lass uns die Trojaner verfolgen, für die Verteidigung der Häuser mögen andere sorgen!"

Turnus blickte sie lange staunend an und sprach: „So hab ich mich doch nicht getäuscht! Mir war längst, als wenn nicht mein Wagenlenker Metiskus mir zur Seite säße, sondern als wenn du es wärst, geliebte Schwester! Ja, ich habe dich schon erkannt, als deine List das Bündnis der Könige trennte! Auch jetzt verbirgst du dich mir umsonst, o Göttliche! Aber sage mir, wer sandte dich vom Olymp herab und ließ dich um meinetwillen die Beschwerden der Sterblichen erdulden? Bist du etwa dazu geschickt worden, den Tod deines armen Bruders mit anzusehen? Denn habe ich eine andere Aussicht? Sah ich nicht die edelsten und tapfersten Rutuler um mich her fallen? Nun muss ich auch noch mit ansehen, dass die Stadt erstürmt und verwüstet wird! Sollte ich etwa nicht mit meiner Faust die Worte des neidischen Drances widerlegen, sollte mich dem Kampf entziehen? Und mein Land, mein Volk sollte sich von mir abwenden? Ist denn der Tod so etwas Unseliges? Ihr Götter der Unterwelt, seid ihr wenigstens auf meiner Seite! Denn die Himmlischen kehren sich von mir ab! Vorwurfslos und unbefleckt will ich zu euch hinuntersteigen, des Ruhmes meiner Ahnen wert!"

Kaum hatte er die Worte gesprochen, als mitten durch die Feinde der Rutuler Saces, dessen Angesicht von einer Pfeilwunde blutete, angeritten kam und Turnus flehend beim Namen rief.

„Komm, Turnus, komm! Du bist unsere letzte Hoffnung! Äneas ist in der Stadt, er bedroht die Burg. Die Häuser werden in Brand gesteckt. Der König zweifelt schon, wen er zum Schwiegersohn wählen soll. Die Königin hat sich selbst getötet. Nur Messapus und Atinas halten noch die Stellung an den Toren."

Turnus hielt die Pferde wieder an und starrte, zerrissen von Scham, Kummer und rasender Liebe, mit suchenden Augen ins Weite. Endlich fiel sein Blick auf die Latinerstadt. Dort wallte von Stockwerk zu Stockwerk des höchsten hölzernen Mauerturms Feuer empor, jenes Turmes, den er selbst aus riesigen Balken gezimmert, auf Räder gesetzt und durch mächtige Zugbrücken mit der Stadt verbunden hatte.

„Jetzt, Schwester", rief er, „jetzt besiegt uns das Glück. Halte mich nicht länger auf. Lass uns gehen, wohin das strenge Schicksal mich ruft! Ich bin entschlossen, mit Äneas zu kämpfen. Was auch kommen mag, ruhmlos sollst du mich nicht sehen!"

Nach diesen Worten sprang er vom Wagen herunter, stürzte durch die Lanzen der Feinde dahin und durchbrach die Scharen der Trojaner. Wie ein Felsblock, der vom Gipfel des Berges losgerissen wurde, in die Tiefe hinabrollt und dabei Wälder, Herden und Männer mit sich fortreißt, so stürmte Turnus durch die zersprengten Reitergeschwader heran zur Stadt.

Wo der Kampf am dichtesten war, winkte er und begann, laut zu rufen: „Hört auf zu kämpfen, Rutuler! Bremst eure Geschosse, ihr Latiner! Mir allein gebührt es, mit den Waffen über das Bündnis zu entscheiden!"

Als die Streitenden das hörten, entstand eine Gasse. Und Äneas, der Turnus' Ruf gehört hatte, verließ die Höhen, ließ alles andere stehen und liegen, jubelte und rauschte in den schallenden Waffen daher. Selbst der alte Latinus staunte, als er die beiden gewaltigen Männer, die aus zwei verschiedenen Weltteilen stammten, aufeinander zuschreiten sah, um den Krieg durch das Schwert zu entscheiden.

Die beiden aber stürzten aufeinander zu, warfen die Speere gegeneinander und rannten dann mit Schild und Schwert zum Kampf an, dass der Boden bebte. Nun folgte Hieb auf Hieb. Die Kämpfenden riefen Glück und Tapferkeit zu Hilfe. Schließlich streckte sich Turnus mit seinem ganzen Körper vor, verließ seine Deckung und setzte zuversichtlich zu einem entscheidenden Schwerthieb an. Trojaner und Latiner schrien laut auf. Aber mitten im Hieb zerbrach dem Rutuler die Schwertklinge und gab ihn ungeschützt preis, wenn er nicht das Heil in der Flucht suchte! Als er nämlich beim Wiederausbruch des Krieges den Streitwagen bestieg,

136

da hatte Turnus in der Eile anstelle des Wunderschwertes, das er von seinem Vater geerbt hatte, das Schwert seines Wagenlenkers Metiskus ergriffen. Dieses leistete ihm auch gute Dienste, solange er nur flüchtende Trojaner damit niederschlug. Aber es war eben doch nur ein menschliches Schwert. Und als es auf die vom Gott Vulcanus geschmiedete Waffe des Helden Äneas traf, brach es wie mürbes Eisen mitten im Hieb entzwei, und die Stücke lagen schimmernd im gelben Sand.

Nun warf sich Turnus, unsicher kreisend, bald dahin, bald dorthin auf die Flucht, doch er konnte nicht entkommen, denn auf zwei Seiten umschlossen ihn die Trojaner in dichtem Gedränge. Auf der dritten Seite lag ein Sumpf und auf der vierten, hinter Latinern und Rutulern, erhoben sich zugangslos die Mauern der Stadt. Auch verfolgte Äneas den Fliehenden, obwohl er selbst noch von der alten Pfeilwunde entkräftet war.

Jetzt erst entstand unter den zuschauenden Heeren großes Geschrei. Ufer und Hügel rings umher hallten davon wider und donnernd stieg der Ruf zum Himmel empor. Auf seiner Flucht rief der verängstigte Turnus diesen und jenen Rutuler mit Namen und verlangte dessen Kampfschwert. Äneas aber bedrohte jeden, der sich Turnus nähern würde, mit sicherem Verderben und schreckte mit der Drohung, sich auf die Stadt zu werfen und sie zu zerstören, alle Herannahenden zurück.

So durchkreisten sie die Bahn fünfmal, denn es war schließlich kein Spiel und es galt einen hohen Kampfpreis.

In einem wilden Ölbaum, der in der Mitte des Kampfplatzes stand und dem Faunus geweiht war, steckte Äneas' Speer, den er als Erstes im Kampf geworfen hatte, und hatte sich in der Wurzel des Baumes gefangen. Beim

Vorbeirennen kam dem trojanischen Helden der Gedanke, seinen Speer herauszuziehen und den Feind, den er nicht einholen konnte, mit der Lanze zu verfolgen.

Turnus erkannte dies, außer sich vor Schrecken, und richtete sein Gebet an den einheimischen Gott Faunus mit den Worten: „O Faun und gütige Göttin des italischen Bodens, wenn ich euch immer die schuldigen Ehren erwiesen habe, habt jetzt Mitleid mit mir, haltet den Speer des Gegners fest!"

Die Landesgötter erhörten sein Gebet, und Äneas bemühte sich vergebens, die Lanze aus dem fest zusammenhaltenden Holz des zähen Stammes herauszuziehen.

Während sich nun der Held damit mühte und abquälte, rannte Turnus' Schwester, die Nymphe Juturna, wieder in die Gestalt seines Wagenlenkers Metiskus verwandelt, herbei und reichte ihrem Bruder sein richtiges, sein Wunderschwert.

Venus aber, entrüstet, dass einer gewöhnlichen Nymphe eine so kühne Tat erlaubt sein sollte, trat auch herbei und half Äneas, den Speer aus der tiefen Wurzel hervorzuziehen.

Nun waren beide Kämpfer mit frischen Waffen versehen und von neuem Mut beseelt. Beide richteten sich auf, der eine schwang sein Schwert, der andere bäumte sich mit dem Speer, und so standen sie mit fliegendem Atem einander zum letzten Kampf gegenüber.

Da sprach Jupiter, der aus den goldenen Wolken des Olymp dem Streit zusah, zu seiner Frau Juno: „Machen wir endlich diesem Krieg ein Ende! Du weißt und bekennst es ja selbst, dass Äneas vom Schicksal dem Himmel bestimmt ist! Wozu gibst du nun seinem Feind durch Juturna sein Schwert wieder in die Hand? Du hast die Trojaner über Land und Meer verfolgt, den Krieg entfacht, den Palast in

Trauer versenkt, die Hochzeit durch Jammer gestört. Weitere Versuche verbiete ich dir!"

Juno antwortete ihrem zornigen Mann mit gesenktem Blick: „Weil dein Befehl mir heilig war, habe ich gegen meinen Willen die Erde und Turnus verlassen. Hätte ich dir nicht gehorchen wollen, so würdest du mich jetzt nicht hier in den Wolken das Unrecht erdulden sehen, sondern ich stände unten beim Kampf. Es ist wahr, dass ich der Nymphe Juturna geraten habe, in der Not ihrem Bruder beizustehen. Aber ich schwöre dir beim Styx, dass sie ohne mein Zutun ihrem Bruder das Schwert gereicht hat! Auch will ich mich um den Kampf gar nicht mehr kümmern und bitte dich nur um eines: Wenn Turnus besiegt ist und Äneas die Königstochter heiratet, zwinge die Latiner nicht, ihren alten Volksnamen aufzugeben und sich Trojaner zu nennen. Zwinge sie nicht, ihre Sprache zu ändern, nicht, fremde Gewänder, Sitten und Gebräuche anzunehmen. Lass sie das Volk bleiben, das sie gewesen sind. Lass auch den Römerstamm aus italischer Wurzel emporwachsen! Troja aber sei und bleibe gefallen mitsamt seinem Namen!"

Lächelnd erwiderte der Göttervater seiner Frau: „Kind des Saturnus, geliebte Schwester, welchen Zorn wälzt du noch in deinem Innern? Bezähme doch deinen vergeblichen Ärger! Was du wünschst, soll dir ja gewährt sein. Latium soll Sprache, Sitten und Namen beibehalten. Der Trojaner soll sich mit dem Volk verschmelzen und nur so sich ansiedeln. Er soll die Opfergebräuche des Landes annehmen, er soll ganz zum Latiner werden. Die Römer, das neue Geschlecht, das aus der Heirat der Italer und Teukrer entstehen wird, sollen das Volk sein, das dir, o Juno, die meiste Ehre erweisen wird!"

Die Göttin nickte dem Gemahl freudig zu und änderte zufrieden ihre Meinung.

139

Nun dachte Jupiter darüber nach, wie er Turnus' Schwester aus dem Kampf entfernen könne. Drei Zwillingskinder, Töchter der Rache, mit Schlangengürteln und Windflügeln, Diren genannt, stehen immer vor Jupiters Thron bereit und werden von ihm zu den Sterblichen hinabgesandt, wenn er Seuchen, Krieg und andere Todesnot unter ihnen verbreiten will. Eine von ihnen schickte Jupiter nun herab und befahl ihr, der Nymphe als ein Unheil bringendes Zeichen zu begegnen.

Die Dire flog zur Erde hinab wie ein Pfeil, und sobald sie die beiden feindlichen Heere erblickte, verwandelte sie sich schnell in die Gestalt eines kleinen Käuzchens, wie es als Unglücksvogel auf Scheiterhaufen oder verlassenen Häusergiebeln zu sitzen pflegt. In dieser Gestalt umflatterte sie Turnus' Gesicht, flog zu seinem Schild und schlug auch diesen mit den Flügeln. Dem kämpfenden Helden sträubten sich die Nackenhaare und er erstarrte bei diesem unheilvollen Anblick.

Juturna aber raufte sich das Haar aus und schlug sich an die Brust, denn sie erkannte Jupiters Übermacht und verfluchte ihre eigene Unsterblichkeit. Sie zog sich in den Tiber zurück und tauchte im Fluss unter.

Äneas drängte jetzt heran, schüttelte wütend seinen baumlangen Speer und rief dem Gegner zu: „Was zögerst du noch, Turnus, was sträubst du dich noch länger? Nicht zum Wettkampf sind wir hier, sondern zum Waffenkampf! Zeige jetzt, was du an Können und Mut besitzt!"

Turnus schüttelte den Kopf und entgegnete: „Deine hitzigen Worte erschrecken mich nicht. Mich erschrecken das Götterzeichen und Jupiters Feindschaft!"

Mehr sagte er nicht, sondern fasste einen gewaltigen Stein ins Auge, der neben ihm im Feld lag und einen Markstein darstellte. Zwölf Männer würden ihn kaum auf den Nacken heben können. Diesen nahm der Rutulerheld in die Hand, richtete sich auf und wollte ihn im Lauf gegen den Feind schleudern. Aber er kannte sich selbst nicht mehr, denn seine Arme waren kraftlos, seine Knie schlotterten, sein Blut war zu Eis erstarrt. Der Felsenstein, durch die Luft gewirbelt, erreichte sein Ziel gar nicht, sondern fiel nutzlos zu Boden.

Turnus wandte sich unwillkürlich zur Flucht um und zögerte, die Rutuler und die Mauern der Stadt vor sich, in Angst. So erwartete er den Speerwurf des Feindes. Vergebens sah er sich nach seinem Wagen und seiner Schwester um.

Äneas zögerte nicht und schleuderte mit aller Kraft die Todeslanze, die wie ein Blitzstrahl dahergesaust kam. Durch Schildrand und Panzer fuhr sie dem Feind in die Hüfte. So getroffen, brach der gewaltige Turnus zusammen.

Die Rutuler ächzten laut auf, sodass es aus den umgebenden Wäldern widerhallte.

Turnus lag gedemütigt auf dem Boden, streckte flehend seine Rechte zum Sieger auf und sprach: „Ich hab es so verdient. Ich verlange keine Schonung für mich! Aber wenn der Jammer meines Vaters dich rühren kann – er ist mir, was dir Anchises war –, so hab Mitleid mit dem alten Daunus. Gib mich – oder willst du dieses nicht, so gib meinen entseelten Leib – den Meinen zurück! Ich gebe mich geschlagen, Lavinia sei dein. Beende deinen Hass!"

Äneas stand bereit, um zum Hieb auszuholen. Seine Blicke musterten den am Boden Liegenden, doch hielt er den Hieb noch zurück. Schon fühlte er Mitleid. Doch dann sah er zum Unheil des Besiegten an dessen Schulter die Waffen des arkadischen Fürstensohns Pallas, den Turnus erschlagen hatte.

Da entbrannten sein Schmerz und Zorn aufs Neue, und

voller Wut rief er: „Wie? Du, der den Pallas beraubt hat, solltest mir entrinnen? Pallas selbst opfert dich mit diesem Stoß und nimmt Rache an dem verfluchten Blut!"

So sprach Äneas und stieß sein Schwert in die Brust des Feindes.

Turnus sank endgültig zu Boden. Kälte durchrieselte seinen Körper und widerwillig floh sein Schatten hinab zur Unterwelt.

NACHTRAG

Die folgenden vierzehn Stücke hat Gotthold Klee 1881 als Herausgeber der 14. Auflage von „Schönste Sagen des klassischen Altertums" von Gustav Schwab ergänzend hinzugefügt.

Aktäon

Aktäon war der Sohn des jagdliebenden Gottes Aristäos und der Autonoe, einer Tochter des Kadmos. Als er den Kinderjahren entwachsen war, wurde er von dem weisen Zentauren Chiron am kühlen, waldreichen Gebirge Pelion erzogen und zu einem rüstigen Jäger ausgebildet. Seine höchste Lust war es, in Tälern und Bergen zu jagen.

Einst jagte er mit fröhlichen Gesellen in den Wäldern des Kithairongebirges, bis die Mittagssonne heiß herunterschien und die kühlen Schatten der Bäume verkürzte.

Da rief der Junge die Gefährten zusammen und sprach: „Der heutige Tag gab Beute genug, Stahl und Garn sind nass vom Blut des erlegten Wildes. Darum lasst uns nun die Jagd für heute beenden! Wenn morgen die rosige Eos am Himmel aufgeht, jagen wir weiter."

Nach diesen Worten verabschiedete er sich von seinen Freunden. Er selbst aber ging, von seinen Hunden begleitet, tiefer in den Wald hinein, um einen kühlen, schattigen Ort zu suchen, wo er die Mittagshitze verschlafen und die müden Glieder stärken könnte.

Nun gab es nicht fern davon ein Tal voller Fichten und Zypressen, das hieß Gargaphia und war Artemis geweiht. Dort befand sich, tief in einem Winkel des Tals versteckt, eine baumumwachsene Grotte. Der Felsen schien kunstvoll von Menschenhand zum Bogen gewölbt, und doch war alles ein Werk der Natur. Dicht dabei entsprang murmelnd eine Quelle, deren klares Wasser sich zu einem kleinen See ausbreitete. Hier pflegte die Göttin, ihren heiligen Körper zu baden, wenn sie von der Jagd müde war. Auch jetzt war sie in die Grotte getreten, von dienenden Nymphen begleitet. Jagdspeer, Köcher und Bogen reichte sie ihrer Waffenträgerin, eine andere nahm der Göttin das Gewand ab, zwei lösten ihr die Sandalen von den Füßen. Die schöne Krokale, die geschickteste von allen, band ihr das wallende Haar zum Knoten zusammen. Dann schöpften die Dienerinnen mit Urnen das Wasser und ließen es über die Herrin strömen.

Während so die Göttin sich an ihrem gewohnten Bad erfreute, näherte sich, durch das Gebüsch schlendernd, der Enkel des Kadmos. Ein schlimmes Schicksal führte ihn durch den heiligen Wald zur Grotte der Artemis.

Ahnungslos trat er hinein, froh, eine kühle Raststätte gefunden zu haben. Wie nun die Nymphen den Mann erblickten, schrien sie laut auf und drängten sich um die Gebieterin, um sie mit ihren Körpern zu verbergen. Aber um Haupteslänge ragte die Göttin über alle empor. Ihr Gesicht glühte vor Zorn und Scham und ihre Augen waren starr auf den Eindringling gerichtet.

Dieser stand noch immer regungslos, überrascht und geblendet von dem wunderbaren Schauspiel. Der Unglückliche! Wäre er doch geflohen, so schnell seine Füße ihn tragen mochten.

Denn jetzt beugte sich die Göttin plötzlich zur Seite,

144

schöpfte mit der Hand ein wenig von dem Wasser des Quells, spritzte es dem jungen Mann über Gesicht und Haare und rief mit drohender Stimme: „Verkünde nun den Menschen, was du gesehen hast, wenn du kannst!"

Kaum war das letzte Wort gesprochen, da ergriff ihn unsägliche Angst. Mit schnellen Schritten stürzte er davon und wunderte sich im Lauf über seine Schnelligkeit. Der Unselige merkte nicht, dass ihm ein Geweih gewachsen war, sein Hals sich verlängerte, die Ohren sich spitzten, sich seine Arme in Beine, seine Hände in Hufe verwandelten. Schon überdeckte ihn ein geflecktes Fell. Er war kein Mensch mehr. Die zornige Göttin hatte ihn in einen Hirsch verwandelt. Da sah er auf der Flucht sein Spiegelbild im Wasser.

„Weh mir Unglücklichem!", wollte er rufen, aber stumm war sein Mund, kein Wort drang hervor, nur ein angstvolles Seufzen konnte er ausstoßen. Träne auf Träne rann, aber nicht über menschliche Wangen! Nur sein Herz, seine alte Besinnung war ihm geblieben.

Was nun tun? Heimkehren in den großväterlichen Palast? Im tiefsten Wald sich verstecken? Während so Furcht und Scham in ihm kämpften, erblickten ihn seine Hunde. Da plötzlich stürzte die ganze Meute – fünfzig an der Zahl – auf den vermeintlichen Hirsch ein. Nach Beute gierig, jagten sie ihn über Berg und Tal, über zackige Felsen und gähnende Klüfte. So flog er voller Angst durch die wohlbekannten Gegenden, wo er oft das Wild verfolgt hatte, nun selbst der Verfolgte.

Zweimal wollte er sich umdrehen und flehend rufen: „Verschont mich! Ich bin doch Aktäon."

Aber er konnte nicht sprechen. Mit wütendem Gebell erreichte ihn jetzt der Anführer der Meute und packte ihn in den Rücken. Und nun stürzten sie alle über ihn her und verwundeten ihn mit den scharfen Zähnen. Der Gequälte stöhnte lauf auf – ach, so winselt kein Hirsch! Und doch war es kein menschliches Stöhnen. Einem Bittenden ähnlich, sank er auf die Knie und drehte in stummem Leiden das Gesicht seinen Peinigern zu.

In diesem Augenblick kamen seine Gefährten herbei, durch das Gebell der Hunde angelockt. Mit dem gewohnten Rufen hetzten sie die Meute und riefen umsonst nach ihrem Herrn, den sie weit entfernt glaubten.

„Aktäon", tönte es durch den Wald, „wo bist du? Den herrlichen Fang musst du sehen!"

So riefen sie, während der Unglückliche unter den Speeren seiner Freunde den Geist aufgab.

Nachdem Aktäon so schrecklich geendet hatte, begannen seine Hunde, den lieben Herrn zu vermissen. Heulend und winselnd, suchten sie den Verlorenen überall, bis sie endlich zur Höhle des Chiron gelangten. Dieser fertigte aus Erz ein täuschend ähnliches Bild des armen Jungen. Als die Hunde das Bild sahen, sprangen sie an dem Erz hoch, leckten ihm die Hände und Füße und gebärdeten sich so fröhlich, als hätten sie ihren Herrn wirklich wiedergefunden.

Prokne und Philomela

In Athen herrschte einst König Pandion, der Sohn des Sterblichen Erichthonios und der Nymphe Pasithea. Er heiratete die schöne Najade namens Zeuxippe, die ihm die Zwillinge Erechtheus und Butes und zwei Töchter, Prokne und Philomela, gebar. [*Die Najaden waren Naturgeister, die über Flüsse, Bäche, Quellen, Teiche, Seen und Sümpfe wachten.*] Da begab es sich, dass der König von Theben, Labdakos, mit Pandion in Streit geriet, in Attika einbrach und verheerenden Schaden anrichtete. [*Attika war der Landstrich um Athen.*] Trotz ihres tapferen Widerstands wurden die Athener in ihre Stadt zurückgedrängt, und Pandion wandte sich, in der Not um Hilfe bittend, an den streitbaren thrakischen Fürsten Tereus, einen Sohn des Kriegsgottes Ares. Dieser kam schnell über das Meer gefahren und verjagte mit seinen Kriegern die Thebaner bald aus dem attischen Land. Dem ruhmreichen Befreier gab der dankbare Pandion seine Tochter Prokne zur Frau.

Aber weder Hymenäos, der Gott der Hochzeit, noch Hera, die Schutzgöttin der Ehe, und auch nicht die lieblichen Grazien näherten sich dem Schlafgemach der Frischverheirateten. Nein, die schrecklichen Erinnyen [*drei Rachegöttinnen, bei den Römern Furien genannt*] schwenkten die düsteren Fackeln, die sie von einer Beerdigung geraubt hatten. Der Unheil verkündende Uhu saß auf dem Giebel des Hauses, in dem Tereus und Prokne Hochzeit hielten.

Nichts ahnend zogen die jungen Eheleute frohes Mutes über das Meer, dankten den Göttern und wurden von den Thrakiern jubelnd empfangen. Und als Prokne einem Sohn, Itys, das Leben schenkte, da wurde der Tag in ganz Thrakien festlich gefeiert.

Fünf Jahre waren inzwischen vergangen. Da erfasste Prokne, die sich im Barbarenland fern der geliebten Heimat oft sehr einsam fühlte, eine unendliche Sehnsucht nach Philomela, ihrer einzigen Schwester.

Sie ging zu ihrem Mann und sprach: „Wenn du mich noch ein wenig liebst, so schicke mich nach Athen, damit

147

ich meine teure Schwester hierherhole. Oder reise du selbst und bringe sie mir, wenn auch nur für kurze Zeit zu Besuch. Wie eine göttliche Gnade erschiene es mir, dürfte ich ihr vertrautes Gesicht wiedersehen. Versprich dem Vater, sie bald zurückzubringen, denn er liebt seine Tochter zärtlich und wird sie nicht lange vermissen wollen."

Tereus ließ sich nicht lange bitten und segelte nach Athen. Bald gelangte er in den Hafen Piräus, wo sein Schwiegervater ihn willkommen hieß. Schon als sie auf die Stadt zugingen, begann Tereus die unheilvolle Bitte vorzubringen und gelobte dem König, für Philomelas baldige Heimkehr zu sorgen.

Und siehe, da näherte sie sich selbst. Im Schmuck strahlender Schönheit, einer lieblichen Nymphe ähnlich, kam sie herbeigeeilt, um den Schwager zu begrüßen und tausend Fragen nach der fernen Schwester zu stellen.

Kaum aber sah Tereus die reizende junge Frau, da entbrannte sein Herz von stürmischer Liebe zu ihr, so wie die Flamme das geschichtete Heu und die dürren Dachsparren ergreift und verzehrt. Rasch war sein Entschluss gefasst, um jeden Preis Philomela zu entführen, sei es im Guten oder mit Gewalt. Während so zügellose Leidenschaft im Herzen des Barbaren tobte, setzte er wieder an, von Proknes Wünschen zu sprechen. Sie sterbe vor Sehnsucht nach der Schwester, daher bitte er um seiner Frau willen.

Der Schändliche! Während er böse Pläne schmiedete, gab er sich als zärtlicher Ehemann, sodass selbst Pandion seinen Eifer lobte. Ja, auch Philomela war hingerissen. Zärtlich schlang sie die Arme um des Vaters Nacken und flehte ihn unermüdlich an, ihr die Reise zu erlauben. So gab der alte König vom gemeinsamen Bitten der beiden endlich nach und gab seine Einwilligung, wenn auch schweren Herzens.

148

Philomela aber dankte ihm voller Freude. Dann gingen die drei in den Königspalast, um sich an köstlichem Wein und guten Speisen zu stärken. Erst als die Sonne längst untergegangen war, trennten sie sich, um sich auszuruhen.

Am nächsten Morgen drückte der ehrwürdige Pandion beim Abschied die Hand des Schwiegersohns, und während heiße Tränen über seine Wangen rollten, sprach er: „Mein teurer Sohn, nur weil zärtliche Liebe mich zwingt und ihr alle es wünscht, vertraue ich dir mein Liebstes an, meine Tochter. Nun beschwöre ich dich bei deiner Ehre und unserer Verwandtschaft, bei den unsterblichen Göttern flehe ich dich an: Beschütze sie wie ein liebevoller Vater und schicke sie mir bald zurück. Ach, sie ist der süßeste Trost meines vielfach leidvollen Alters."

Dann küßte er innig sein geliebtes Kind. Darauf forderte er von beiden die Hand zum Zeichen der Treue, trug ihnen herzliche Grüße an Tochter und Enkel auf, rief noch einmal mit schluchzender Stimme Lebewohl und blieb allein am Ufer zurück.

Die Wellen rauschten, das Schiff fuhr mit vollen Segeln in die offene See hinaus. Tereus konnte sich kaum beherrschen, nicht laut aufzujauchzen vor wildem Vergnügen, dass sein Plan gelungen war. „Mein ist der Sieg!", dachte er bei sich und betrachtete die Nichtsahnende mit funkelndem Blick. So blitzt gierig das Auge des Adlers, wenn er den zappelnden Hasen aus den krummen Klauen in sein hohes Felsennest wirft, aus dem keine Flucht möglich ist.

Bald zeigte sich Thrakiens Küste, die Schiffer lenkten zum sicheren Hafen und sprangen an Land. Müde von der Fahrt lief jeder seiner Heimat zu.

Tereus aber schleppte Philomela in ein einsames, tief im Wald verstecktes Hirtengehöft. Dort schloss er die Arme

149

ein, und als sie weinend nach der Schwester fragte, log der Verräter mit erheuchelter Trauer, Prokne sei gestorben. Um den alten Pandion zu schonen, habe er sich das Märchen von der Einladung ausgedacht. In Wahrheit sei er gekommen, um sie, Philomela, zu seiner Frau zu machen. Da half kein Jammern und Flehen, auch die rührendsten Worte prallten wirkungslos am steinernen Herzen des Barbaren ab. So fügte sie sich unter bitteren Tränen der Gewalt und wurde seine Frau.

Aber es dauerte nicht lange, bis sie zur Besinnung kam und schreckliche Ahnungen und bange Zweifel in ihr aufstiegen. „Warum", fragte sie sich, „hält Tereus mich hier wie eine Gefangene, fernab von seinem Hof? Warum lässt er mich so streng bewachen? Warum führt er mich nicht als Königin in seinen Königspalast?"

Da erfuhr sie, als sie einmal unbemerkt ein Gespräch ihrer Diener belauschte, das Furchtbare: Prokne lebte! Ihre eigene Vermählung mit Tereus war Verbrechen; sie war die Nebenbuhlerin der tot geglaubten Schwester! Da erfassten sie namenloser Kummer und glühender Hass gegen den Verräter. Mit fliegender Hast stürzte sie in sein Gemach, erzählte ihm, was sie erfahren hatte, und schwor unter heißen Verwünschungen, das grässliche Geheimnis, seine Schuld und ihre Schande, aller Welt zu verkünden.

So erregte sie den Zorn und zugleich die Furcht des abscheulichen Mannes und er fasste einen teuflischen Entschluss. Er wollte sicher sein, dass niemand von seinem Verbrechen erfuhr, doch scheute er sich, die Wehrlose zu töten. Also riss er sein Schwert aus der Scheide, band der Unglücklichen die Arme auf den Rücken und zückte den Stahl, als ob er sie töten wollte. Sie erwartete freudig den Hieb, der sie dem verhassten Leben entreißen sollte. Aber als sie voller

Schmerz den Namen ihres lieben Vaters rief, schnitt der Unmensch ihr – schrecklich ist es zu sagen – die Zunge heraus. Nun brauchte er keinen Verrat mehr zu fürchten. Kalt, als wäre nichts geschehen, verließ er die Ärmste, nachdem er den Dienern eingeschärft hatte, sie strengstens zu bewachen.

Er selbst ging zurück an den Hof zu seiner Frau Prokne. Diese fragte, wo die Schwester denn bleibe. Da seufzte der Nichtswürdige und erzählte unter erheuchelten Tränen, Philomela sei tot und begraben. Prokne riss voller unendlichem Schmerz die goldgestickten Kleider herab, hüllte sich in schwarze Trauergewänder, baute ein leeres Grabmal, beweinte die geliebte Schwester und brachte ihrer Seele Totenopfer.

So verging ein Jahr und die grausam verstümmelte Philomela lebte immer noch. Wächter und Mauern versperrten ihr die Flucht. Und der Mund war stumm, unfähig, die Schandtat zu verkünden.

Aber das Elend schärft den Verstand und macht erfinderisch. Sie spannte ihr Leinen in den Webstuhl und webte purpurne Zeichen hinein, in denen sie das Grässliche offenbarte. Und als sie es vollendet hatte, gab sie das Gewebte einem Diener, indem sie ihn durch stumme Gebärden anflehte, es Königin Prokne zu überbringen. Der Diener gehorchte ihr, ohne zu wissen, was er tat.

Prokne entrollte das Gewand und las das entsetzliche Geheimnis. Da entfuhr kein Seufzer ihrem Mund, sie vergoss keine Träne – ihr Jammer war zu groß dazu. Nur eines konnte sie denken, nur eines fassen: Rache, fürchterliche Rache an dem Verbrecher!

Die Nacht näherte sich, in der die thrakischen Frauen das Fest des Bacchus [*Gott des Weines, des Rausches und der Ekstase, auch der Fruchtbarkeit*] in wilder Begeisterung zu feiern pflegten. Auch die Königin eilte, mit Reben bekränzt, den Bacchusstab in den Händen schwingend, mit der Schar der Frauen hinaus in die waldigen Berge. Wütenden Schmerz im Innern, heuchelte sie bacchantischen Eifer.

So kam sie an das einsame Gehöft, auf dem Philomela gefangen war. Mit Evoeruf [*Ruf der Bacchus-Jüngerinnen*] brach sie hinein, riss die Schwester mit sich fort und führte sie, ihr Gesicht hinter Efeuranken verbergend, in den Palast des Königs Tereus.

Da erst erkannte die arme Philomela ihre Schwester, die sie in ein abgelegenes Gemach brachte.

„Tränen helfen uns nicht", rief Prokne, als die Unglückliche ihr bleiches Gesicht verhüllte, „nein, Blut, Stahl, grässlichster Mord. Zu jeder Gräueltat bin ich bereit, Schwester, um dem bösen Mann seine Schandtat zu rächen."

Während sie so redete, trat ihr kleiner Sohn Itys herein, der die Mutter begrüßen wollte.

Sie aber starrte ihn mit düsterem Blick an und murmelte: „Ha, wie sehr er seinem Vater gleicht!"

Plötzlich verstummte sie, bedachte eine traurige Tat. Jetzt sprang der Kleine an ihr hoch, hängte sich ihr zärtlich an den Hals und bedeckte ihren Mund mit Küssen. Aber nur einen Augenblick bebte das Herz der Mutter, nur eine Träne fiel auf das Gesicht ihres Sohnes. Dann riss sie ihn mit sich fort in ein anderes Gemach.

„Ach, Mutter, liebe Mutter, was tust du?", rief das Kind und umarmte sie ängstlich.

Sie aber war taub, wahnsinnige Rachgier drängte sie zu rasender Wut, sie nahm ein Messer und stieß es in die Brust des eigenen Kindes. Philomela schließlich vollendete die Tat und brachte das Kind endgültig um.

Währenddessen saß König Tereus auf dem Thron seiner Ahnen und schmauste von dem Mahl, das seine Frau selbst ihm auftrug.

„Wo ist mein Itys?", rief er, als er den Hunger gestillt hatte.

„Er ist ja hier", erwiderte seine Frau mit höhnischem Lachen, „er könnte dir nicht näher sein."

Mit fragenden Blicken schaute Tereus sich um, da trat Philomela, noch triefend vom grässlichen Mord, herein und warf den blutigen Kopf des Kindes dem Vater vor die Füße.

Als dieser begriff, was geschehen war, stieß er wahnsinnig schreiend den Tisch mit dem scheußlichen Mahl um, riss sein Schwert aus der Scheide und stürzte den fliehenden Schwestern nach.

Sie schienen von Flügeln getragen zu werden. Ja, tatsächlich hoben Flügel sie empor: Die eine floh in den Wald, die andere schwang sich unter das Dach. Prokne war zur Nachtigall, Philomela zur Schwalbe geworden. Noch immer trägt sie am Brustgefieder blutige Flecken, die Spur des Mordes.

Aber auch der böse Tereus, der sie verfolgte, sollte nicht mehr unter Menschen wandeln, er wurde zum Wiedehopf. Mit hoch emporragendem Helmbusch und langem, spitzem Schnabel verfolgt er auf ewig die Nachtigall und die Schwalbe.

Prokris und Kephalos

Die schönste unter den Töchtern des Erechtheus war Prokris. Mit ihr war Kephalos, ein Sohn des Hermes und der Kekropstochter Herse, durch innige Liebe verbunden, und als Erechtheus ihre Hände am Hochzeitstag aneinandergelegt hatte, priesen sie alle Athener als die glücklichsten Eheleute.

Doch dieses Glück sollte nicht von langer Dauer sein. Kaum war der zweite Monat vergangen, als Kephalos eines Morgens auf die Hirschjagd hinauszog in die Wälder des Hymettos. Da erblickte die rosige Eos [*römisch Aurora; die Göttin der Morgenröte*] den göttlichen jungen Mann, und von zärtlicher Leidenschaft ergriffen, entführte sie ihn durch die Luft in ihren strahlenden Palast. Aber so schön sie auch war, das Herz des Kephalos vermochte sie nicht zu gewinnen. Er dachte nur an seine liebe Frau, rief mit Tränen in den Augen ihren Namen und flehte die Göttin an, ihn seiner geliebten Prokris wiederzugeben.

Traurig, doch nicht ungerührt, hörte ihn Eos und sprach: „Still, Liebloser! Genug der Klagen! Du sollst deine Prokris wiederhaben. Doch ahne ich, es kommt die Zeit, da du dir wünschst, sie nie gesehen zu haben."

So sprach sie grollend und ließ ihn frei.

Während er nun in seine Heimat eilte, gingen ihm die Worte der Göttin nicht aus dem Sinn. Und indem er über ihre Bedeutung nachgrübelte, stiegen allmählich Furcht in ihm auf und Argwohn, ob wohl auch Prokris ihm den Schwur der Treue gehalten hatte. Schließlich beschloss er, in verwandelter Gestalt das heimische Haus zu betreten, um seine Frau zu prüfen.

So ging er nach Athen und trat in sein Haus. Dort fand er nichts Tadelnswürdiges. Alles kündete von der Anständigkeit der Herrin und ihrer Sorge um den verschwundenen Ehemann. Durch manche List gelang es ihm, sich Eingang bei der Tochter des Erechtheus zu verschaffen, aber alle seine Künste scheiterten an ihrer Treue. Da fiel es ihm immer

154

schwerer, seine Verstellung nicht aufzugeben. Am liebsten hätte er sich seiner edlen Frau an die Brust geworfen, sie mit Küssen und Tränen bedeckt. Aber in unheilvoller Verblendung genügte ihm die bestandene Probe nicht, und als er nun immer reichere Geschenke versprach und sie überredete, Kephalos sei nicht mehr am Leben, da begann zuletzt Prokris' standhafter Sinn zu wanken.

Da übermannte ihn ungerechter Zorn, und er rief: „Treulose, du bist entlarvt! Wisse, ich bin dein Mann, den du verraten wolltest."

Sie antwortete ihm nichts. Gekränkt und von Scham und Trauer gebeugt, floh sie aus dem Haus des arglistigen Mannes. Auf der fernen Insel Kreta irrte sie in den Bergen umher, im Gefolge der jagdliebenden Artemis, der jungfräulichen Göttin, denn alle Männer waren ihr verhasst.

Kephalos aber wurde von bitterer Reue ergriffen. Er sagte sich selbst, dass er schändlich und unwürdig gehandelt hatte, und heiße Sehnsucht nach der Geliebten zerrte an seinem Herzen.

Und auch sie konnte die alte Liebe nicht vergessen. Als Artemis ihre liebste Gefährtin mit einem nie das Ziel verfehlenden Wurfspieß und dem berühmten, windschnellen Hund Lälaps beschenkt hatte, kehrte Prokris mit den Wundergaben nach Athen zurück, verzieh ihrem reumütigen Mann von Herzen gern und lebte mit ihm selige Jahre der Eintracht und innigster Liebe. Hund und Wurfspieß, die sie nun nicht mehr brauchte, schenkte sie ihm sozusagen zur zweiten Hochzeit.

Das Glück der beiden zärtlichen Eheleute dauerte einige Jahre, aber ein trauriges Ende war ihnen beschieden.

In der frühen Morgendämmerung pflegte Kephalos in den waldigen Bergen zu jagen. Ohne Diener, ohne Pferd und Hunde zog er hinaus. Wenn er nun genug Beute gemacht hatte, so suchte er sich einen schattigen Platz und rief, ermüdet und erhitzt von der Jagd, die kühle Luft an, damit sie ihm die glühenden Schläfen kühlte.

„Komm, liebliche Aura" – denn so nannte der Grieche den frischen Morgenwind –, „komm, du Freundliche", rief er oftmals, „erquicke und stärke mich! Lass mich deinen süßen Hauch einatmen!"

Dies hörte einst ein Lauscher. Getäuscht vom doppelsinnigen Wort, glaubte er, Kephalos rufe die Nymphe des Ortes, mit der er sich heimlich im Wald traf. Sofort ging der Unbesonnene zu Prokris und vertraute ihr alles an, was er gehört hatte.

Leicht lässt die Liebe sich täuschen. Prokris sank ohnmächtig zu Boden, von Herzensjammer überwältigt, und als sie wieder zur Besinnung kam, schluchzte und weinte sie über den Verrat ihres Mannes. „Aura also heißt die Nebenbuhlerin, die das zärtlichste Herz betört hat! Aber", so dachte die Gute, „ich will mich erst selbst überzeugen, bevor ich den Geliebten verdamme. Vielleicht hat sich der Unglücksbote getäuscht, oder er täuscht mich mit einem falschen Bericht." So von Zweifeln, Schmerz und Hoffnung bestürmt, nahm sie sich vor, selbst ihren Mann zu belauschen.

Am anderen Morgen zog Kephalos wie immer hinaus, streckte sich nach vollendeter Jagd ins Gras und sang: „Komm, du freundliche Aura, erquicke den Müden!"

Aber plötzlich brach er ab, es raschelte im nahen Gebüsch. „Bestimmt ist es ein Reh, das durch das Dickicht springt", dachte er. Schnell sprang er auf, schleuderte den niemals das Ziel verfehlenden Speer und traf – ach, seine zärtlich geliebte Frau.

„Weh mir!", stöhnte die Arme und presste die Hand auf die tödlich getroffene Brust.

Kaum hatte Kephalos die geliebte Stimme erkannt, so stürzte er wie wahnsinnig zu der Stelle hin, wo seine treue Prokris in ihrem Blut lag. Vergeblich zerriss er wehklagend sein Gewand, um damit die schreckliche Wunde zu verbinden.

Der Getroffenen schwanden die Kräfte, und mühsam mit flüsternder Stimme sprach sie: „Grausamer, höre mein Flehen! Bei den unsterblichen Göttern, bei dem heiligen Bund, den du treulos gebrochen hast, beschwöre ich dich: Lass, wenn ich tot bin, nicht Aura unser stilles Gemach betreten!"

Jetzt erst erkannte Kephalos den unseligen Irrtum, der die Ärmste gefangen hielt. Schluchzend belehrte er sie und beteuerte mit heißen Tränen seine Treue und Unschuld. Ach, es war zu spät. Noch einmal blickte sie zärtlich zu ihm auf, ein schmerzliches Lächeln umspielte den bleichen Mund. Beruhigt, fast heiter schien ihr sterbendes Gesicht – so hauchte sie in den Armen ihres trostlosen Mannes ihre Seele aus.

Äakos

Der Flussgott Asopos hatte zwanzig liebliche Töchter, von denen die schönste Ägina hieß.

Einst erblickte Zeus die schöne Nymphe und wurde von heftiger Liebe zu ihr ergriffen. Da schwang er sich in Gestalt eines Adlers herab und entführte sie durch die Lüfte auf die Insel, die damals Önone hieß, seitdem aber nach dem Namen der Geraubten Ägina genannt wird. [*Die Insel Ägina liegt in der Mitte des Saronischen Golfs in der Ägäis, südwestlich von Athen. Übersetzt bedeutet der Name „Ziegeninsel".*]

Asopos suchte seine Tochter überall und kam schließlich nach Korinth, wo der weise König Sisyphos ihm verriet, dass Zeus der Entführer sei. Dieser aber schleuderte einen Blitz gegen den Verfolger und trieb ihn so in sein gewohntes Flussbett zurück. Daher kommt es, dass man noch heute auf dem Grund des Asoposflusses Kohlen findet.

Der Sohn des Zeus und der Ägina war Äakos, ein Liebling der Götter, denn nie gab es einen frommeren, weiseren und gerechteren Mann. Er herrschte über die Insel als ein milder, gütiger König und wurde von allen geehrt und geliebt.

Einst wurde Griechenland lange Zeit von großer Trockenheit heimgesucht, ganz Hellas [*der Eigenname Griechenlands*] sehnte sich nach Regen, aber der Himmel blieb wolkenlos. Die Feldfrüchte verdorrten, die Flüsse und Seen trockneten aus, Menschen und Tiere starben dahin.

Da wandten sich die Griechen in ihrer Not an das Delphische Orakel, und die Priesterin verkündete, die Dürre werde aufhören, wenn Äakos, der Beste unter den Sterblichen, bei Zeus Fürbitte leiste. So schickten denn alle griechischen Staaten Gesandte an den äginetischen König, die ihn darum bitten sollten.

Da stieg Äakos auf das Panhellenion, den höchsten Berg der Insel, erhob seine reinen Hände und flehte zu seinem göttlichen Vater um Erbarmen für die dürstenden Völker. Und kaum hatte er sein Gebet vollendet, siehe, da zogen dunkle Wolken am Himmel auf und reichlicher Regen ergoss sich auf die Erde. Noch in später Zeit sah man in dem

Tempel, den die dankbaren Griechen über dem Grab des guten Königs errichteten, ein Bild, auf dem das Opfer des Äakos dargestellt war.

So lebte der Sohn des Zeus als mächtiger Priester und König, von den Menschen geehrt und von den Göttern geliebt. Er heiratete Endeis, die ihm zwei Söhne gebar, die zu herrlichen Helden heranwuchsen, Peleus und Telamon. Ein dritter Sohn, von der Nereide Psamathe, war Phokos. [*Die fünfzig Nereiden (gesprochen Ne-re-i-den) waren Meeresnymphen, die Schiffbrüchige beschützten.*] Alle Welt sah in Äakos nicht nur den besten, sondern auch den glücklichsten Sterblichen.

Aber Hera, die strenge Göttin, hasste das Land, das den Namen ihrer Nebenbuhlerin führte, und schickte eine grässliche Pest über die Insel. Dumpfe, erstickende Luft brütete über den Feldern, unheimlicher Nebel verbarg die Sonne, und doch fiel kein erfrischender Regen. Vier Monate schwanden so dahin, der heiße Südwind hörte nicht auf, tödlichen Hauch zu atmen, das Wasser der Quellen und Teiche ging allmählich in Fäulnis über, unzählige Schlangen krochen durch die einsamen Felder und vergifteten die Brunnen und Flüsse. Zuerst zeigte sich die Gewalt der Seuche an Hunden, Rindern und Schafen, am Geflügel und Wild, das plötzlich starb. Bald aber ergriff die Pest auch die Menschen und drang in die Städte hinein. Überall lagen Scharen von Leichen aufgetürmt, die unbegraben verwesten.

Blutenden Herzens musste der edle König, der allein mit seinen Söhnen von allen Bewohnern noch übrig war, mit ansehen, wie sein ganzes Volk vom schrecklichen Tod hingerafft wurde.

Da hob er klagend die Arme zu Zeus empor und flehte: „O Zeus, erhabener Vater, sofern ich wirklich dein Sohn bin und du dich nicht für mich schämst, gib mir meine Familie und mein Volk zurück oder lass auch mich sterben!"

Da fuhr ein Blitz herab und lauter Donner rollte durch die stille Luft. Freudig sah Äakos das günstige Vorzeichen und dankte seinem göttlichen Vater dafür.

Neben ihm stand eine alte Eiche, die dem Zeus geweiht und vom Samen der heiligen Eiche von Dodona gepflanzt war. Auf ihren Stamm fiel plötzlich der Blick des Königs. Da sah er unzählige Ameisen, die an der runzligen Rinde und um die Wurzel herumkrochen und im kleinen Mund unzählige Getreidekörner schleppten.

„Gib mir so viele Untertanen, um die leeren Mauern zu füllen", rief Äakos staunend, „wie ich fleißige Tierchen hier wimmeln sehe!"

Da bebte der Wipfel des Baumes, und das Laub rauschte, ohne dass ein Windzug es bewegte. Schauernd und andächtig hörte es der König und warf sich nieder, küsste die Erde und den heiligen Stamm und gelobte seinem Retter Zeus reichliche Dankopfer.

Als die Nacht anbrach, legte er sich hoffend und sorgend zur Ruhe. Da hatte er einen seltsamen Traum: Die Eiche stand wieder vor seinen Augen und die Ameisen trugen emsig die Körner hin und her. Da war es ihm, als wüchsen die winzigen Tiere, größer und größer hoben sie sich vom Boden empor und standen aufrecht, die Anzahl ihrer Füße verringerte sich, ihre Körper nahmen allmählich menschliche Gestalt an. Aber da erwachte der König und erkannte seufzend, dass ein Traum ihn täuschte. Doch horch! Was war das? Ein fernes Murmeln wie menschliche Stimmen! Betrogen ihn auch seine Ohren? Ach, auch dies war wohl nur ein Traum.

Doch da wurde die Tür hastig aufgerissen, sein Sohn Telamon stürzte herein und rief: „O Vater, komm und staune! Unerhörtes hat sich ereignet! Zeus hat dir mehr Gutes getan, als du je gehofft hast."

In fliegender Hast eilte Äakos hinaus und sah unter Tränen das Wunder: Genau wie im Traum sah er die Männer vor sich und erkannte sie.

Nun traten sie näher und begrüßten ihn als ihren König, der jubelnd rief: „Myrmekes, Ameisen, wart ihr. Deshalb sollt ihr Myrmidonen heißen."

So entstanden die tapferen Myrmidonen, die ihren Ursprung nicht verleugneten, denn sie waren ein emsiges Volk wie ihre Ahnen, ausdauernd bei der Arbeit, sparsam und mit wenig zufrieden.

Äakos aber, nachdem er die gelobten Dankopfer dem gütigen Vater dargebracht hatte, verteilte die herrenlosen Güter, die leeren Häuser und die verlassenen Äcker unter die neuen Bewohner seiner Insel.

Als der fromme König im hohen Alter gestorben war, setzten die Götter ihn zum Totenrichter neben Minos und Rhadamanthys, indem sie auch nach seinem Tod seine milde Weisheit und reine Gerechtigkeit ehrten. Seine Söhne und Enkel aber gehörten zu den größten Helden, die je auf Erden gelebt haben: Telamon war der Vater des gewaltigen Ajax, Peleus zeugte den göttergleichen Achilles.

Philemon und Baucis

Auf einem Hügel in Phrygien steht eine tausendjährige Eiche und dicht neben ihr eine Linde von gleichem Alter, beide von einer niedrigen Mauer umgeben. Mancher Kranz wurde an den Ästen dieses Paares aufgehängt. Nicht weit davon liegt ein sumpfiger See. Wo früher bewohntes Land war, flattern jetzt nur Haubentaucher und Fischreiher umher.

Einst kam Vater Zeus in diese Gegend mit seinem Sohn Hermes, der nur den Stab, nicht aber den Flügelhut trug. In menschlicher Gestalt wollten sie die Gastlichkeit der Menschen testen. Darum klopften sie an tausend Türen, um ein Obdach für die Nacht zu erbitten. Aber hart und selbstsüchtig war der Sinn der Bewohner, sodass die Himmlischen nirgends Einlass fanden.

Da entdeckten sie eine kleine Hütte am Ende des Dorfes, niedrig und klein, mit Stroh und Sumpfrohr gedeckt. Aber in diesem ärmlichen Haus wohnte ein glückliches Paar, der biedere Philemon und Baucis, seine gleichaltrige Frau. Sie hatten dort zusammen ihre frohe Jugend durchlebt, dort waren sie zu weißhaarigen Alten geworden. Sie machten keinen Hehl aus ihrer Armut, sie ertrugen ihr dürftiges Los leicht, heiter und freundlich. In herzlicher Liebe, wenn auch kinderlos, schalteten und walteten sie in dem niedrigen Häuschen, das sie allein miteinander bewohnten.

Als sich nun die hohen Gestalten der beiden Götter dieser ärmlichen Hütte näherten und gebückt eintraten, kam ihnen das freundliche Paar mit herzlichem Gruß entgegen. Der Alte stellte die Sessel zurecht, die Baucis mit grobem Gewebe bedeckte, und bat die Gäste, sich auszuruhen.

Das Mütterchen eilte geschäftig zum Herd, stöberte in der lauen Asche nach einem glimmenden Funken, häufte trockenes Holz und Reisig auf und blies aus dem Qualm mit schwachem Atem die Flamme an. Darauf trug sie gespaltenes Holz herbei und schob es unter den kleinen Kessel, der über dem Feuer hing.

Unterdessen hatte Philemon Kohl aus dem fruchtbaren Gärtchen geholt, den die Alte eifrig entblätterte, hob mit der zweizinkigen Gabel einen geräucherten Schweinsrücken von der rußigen Decke des Gemachs – sie hatten ihn schon lange für eine festliche Gelegenheit aufgespart – und schnitt ein Stück von der Schulter, um es ins siedende Wasser zu werfen.

Damit nun aber den Fremden die Zeit nicht lang wurde, bemühten sie sich, sie durch harmlose Gespräche zu unterhalten. Auch gossen sie Wasser in die hölzerne Wanne, damit sich die beiden Ankömmlinge an einem Fußbad erfrischten.

Freundlich lächelnd nahmen die Götter das liebevolle Angebot an, und während sie die Füße behaglich ins Wasser streckten, richteten die guten Wirte das Ruhebett. Dieses stand mitten in der Stube, mit Teichschilf waren die Polster gestopft, von Weidengeflecht die Füße und das Gestell. Aber Philemon schleppte Teppiche heran, die sonst nur an festlichen Tagen hervorgeholt wurden – ach, auch sie waren alt und schlecht, und dennoch legten die göttlichen Gäste sich gern darauf, um nun das fertige Mahl zu genießen.

Denn jetzt stellte das Mütterchen mit zitternden Händen den dreibeinigen Tisch vor das Lager, und da er nicht fest stehen wollte, schob sie dem zu kurzen Fuß eine Scherbe unter. Danach rieb sie die Platte mit frischer Krauseminze und trug die Speisen auf. Da waren Oliven, herbstliche Kornelkirschen, eingemacht in klarem, dickem Saft, auch Rettich, Endivien und köstlicher Käse und Eier, in warmer Asche gegart. Alles das brachte Baucis auf Geschirr aus Ton, außerdem einen bunten tönernen Mischkrug und zierliche Becher aus Buchenholz, innen mit gelbem Wachs geglättet. Weder von hohem Alter noch gar zu süß war der Wein, den der redliche Wirt einschenkte. Jetzt aber kamen die warmen Gerichte auf den Tisch, und die Becher wurden zur Seite geschoben, damit es genug Platz gab für den Nachtisch. Nüsse, Feigen und runzlige Datteln wurden herbeigetragen, auch zwei Körbchen mit Pflaumen und duftenden Äpfeln. Selbst Trauben vom purpurnen Weinstock fehlten nicht und in der Mitte der Tafel prangte eine weißliche Honigscheibe. Die schönste Würze des Mahles aber waren die guten, freundlichen Gesichter der lieben Alten, aus denen Freigiebigkeit und treuherziger Sinn sprachen.

Während nun alle aßen und tranken, bemerkte Philemon, dass der Mischkrug trotz der immer von Neuem gefüllten Becher nicht leer wurde, sondern immer wieder bis zum Rand mit Wein gefüllt war. Da erkannte er mit Staunen und Furcht, wen er beherbergte. Ängstlich flehte er samt seiner alten Gefährtin mit emporgehobenen Armen und demütig gesenkten Augen, dass sie gnädig auf das dürftige Mahl schauten und ihnen die schlechte Bewirtung nicht übel nahmen.

Ach, was sollen sie nur den himmlischen Gästen bieten? Richtig, da fällt ihnen ein: Draußen im Ställchen ist ja die einzige Gans, die wollen sie sogleich opfern! Beide eilen hinaus, aber die Gans ist schneller als sie. Mit Geschrei und flatternden Flügeln entwischt sie den keuchenden Alten und lockt sie bald hierhin, bald dorthin. Zuletzt rannte sie ins Haus hinein und verkroch sich hinter den Gästen, als ob sie die Unsterblichen um Schutz anflehte. Und er wurde ihr gewährt.

Die Gäste wehrten den Eifer der beiden Alten ab und sprachen mild lächelnd: „Wir sind Götter und zur Erde herabgestiegen, um die Gastfreundlichkeit der Menschen zu erforschen. Eure Nachbarn fanden wir feindselig und sie sollen ihrer Strafe nicht entgehen. Ihr aber verlasst dieses Haus und folgt uns hinauf auf die Höhe des Berges, damit ihr nicht unschuldig mit den Schuldigen leidet."

Die beiden gehorchten. Auf Stöcke gestützt, kletterten sie mühsam den steilen Berg hinauf. Sie waren noch einen Pfeilschuss vom höchsten Gipfel entfernt, da wandten sie ängstlich den Blick und sahen die ganze Gegend in einen wogenden See verwandelt, nur ihr Häuschen allein war von allen Gebäuden noch übrig. Während sie noch staunten und das Schicksal der anderen beweinten, da wurde die alte, ärmliche Hütte zum aufragenden Tempel. Von Säulen getragen, schimmerte das goldene Dach, Marmor deckte den Boden.

Und jetzt wandte sich Zeus gütig an die zitternden Alten und sprach: „Sagt mir, du ehrlicher Alter, und du, seine würdige Frau, was wünscht ihr euch?"

Philemon wechselte nur wenige Worte mit seiner Frau, dann sprach er: „Eure Priester möchten wir sein! Erlaubt uns, jenen Tempel zu pflegen. Und weil wir so lange in Eintracht miteinander gelebt haben, o so lasst uns beide in einer Stunde sterben. Dann muss ich niemals das Grab meiner lieben Frau sehen, noch muss sie mich beerdigen."

Ihr Wunsch wurde erfüllt. Sie hüteten beide den Tempel, solange ihnen das Leben gegönnt wurde. Und als sie im hohen Alter zusammen vor den heiligen Stufen standen und sich an ihr wundervolles Leben erinnerten, da sah Baucis ihren Philemon und Philemon seine Baucis in grünem Laub verschwinden.

„Leb wohl, du Treuer!"

„Leb wohl, du Liebe!", so sprachen sie beide abwechselnd, solange sie noch reden konnten.

So endete das ehrwürdige Paar. Er wurde zur Eiche, sie zur Linde, und noch im Tod stehen sie ganz vertraut zusammen, wie sie im Leben unzertrennlich waren. Fromme sind den Göttern wertvoll. Ehre wird denen zuteil, die Ehre erweisen.

Arachne

In Hypäpa, einer kleinen Stadt Lydiens, wohnte eine junge Frau von niederer Herkunft, die hieß Arachne. Ihr Vater Idmon war Purpurfärber zu Kolophon, auch ihre Mutter, die früh gestorben war, kam von armen Eltern. Dennoch pries man Arachnes Namen in den lydischen Städten, da sie als Weberin durch Kunst und Fleiß alle sterblichen Frauen übertraf. Selbst die Nymphen des rebenbewachsenen Tmolosgebirges und des Flusses Paktolos kamen in die ärmliche Hütte der jungen Frau, um ihr staunend bei der Arbeit zuzuschauen. Niemals sonst waren Kunst und Anmut so gepaart. Ganz gleich, ob sie die grobe Wolle zuerst aufwickelte, ob sie die Fäden feiner und feiner zog, ob sie mit dem flinken Daumen die Spindel umschwang oder mit der Nadel stickte: Es schien stets, als ob Pallas Athene selbst sie unterwiesen hätte.

Davon aber wollte Arachne nichts wissen, sondern sie rief oft beleidigt: „Nicht von der Göttin lernte ich die Kunst! Sie soll kommen und sich mit mir messen. Besiegt sie mich, so will ich jede Strafe erdulden!"

Athene hörte ihr Prahlen mit Unwillen, nahm die Gestalt eines alten Mütterchens an, zauberte sich graues Haar und nahm einen stützenden Stab in die welken Hände.

So verwandelt, trat sie in Arachnes Hütte und begann: „Das Alter hat nicht nur Schlechtes. Mit den Jahren reift die Erfahrung. Darum verachte nicht meinen Rat! Suche du dir den Ruhm, dass du künstlicher als alle Sterblichen Wolle weben kannst. Aber vor der Göttin weiche in Demut. Flehe sie um Verzeihung an für dein überkühnes Wort. Dann wird sie dir gern vergeben."

Mit finsterem Blick ließ Arachne den Faden los und sprach bebend vor Zorn: „Töricht bist du, Alte, die Last der Jahre hat dir den Sinn geschwächt. Zu lange leben ist nicht gut! Solches Geschwätz predige deiner Tochter vor, ich brauche deinen Rat nicht und weise deine Mahnung von mir. Warum kommt Pallas nicht selbst? Warum meidet sie den Wettstreit mit mir?"

Jetzt war die Langmut der Göttin zu Ende.

„Sie ist schon da!", rief sie und stand plötzlich in ihrer wahren himmlischen Gestalt da.

Die Nymphen und die lydischen Frauen, die dabei waren, fielen der Göttin huldigend zu Füßen. Nur Arachne zitterte nicht, nur ein flüchtiges Erröten überzog ihr trotziges Gesicht. Verwegen hielt sie an ihrem Entschluss fest. Von törichter Ruhmbegierde getrieben, rannte sie selbst in ihr drohendes Unglück. Und die Zeustochter warnte nicht mehr, sondern nahm den Kampf an.

Schnell stellten beide abseits voneinander ihre Webstühle auf und begannen voller Freude ihr kundiges Werk. Purpur und tausend andere Farben, die das ungewohnte Auge verwirren, webten sie kunstvoll durcheinander. Auch goldene Fäden liefen hindurch. Und so entstanden bald wundersame Gebilde vor den staunenden Blicken der Zuschauerinnen. Athene bildete den Felsen der athenischen Burg und ihren viel besungenen Streit mit dem Meeresgott um den Besitz des Landes. Zwölf Götter, Zeus mitten unter ihnen, saßen dabei, ehrwürdig und mit heiligem Ernst. Und hier stand Poseidon, wie er den riesigen Dreizack in den Felsen stößt, dass das salzige Meerwasser herausspringt. Dort aber erschien sie selbst, die göttliche Künstlerin, bewaffnet mit Schild und Lanze, den Helm auf dem Kopf, auf der Brust die schreckliche Ägis, wie sie mit der Spitze des Speeres den Ölbaum aus dem unfruchtbaren Boden hervortreibt, zum Staunen der Götter und zum Heil des Landes. So webte Athene ihren eigenen Sieg in ihre kunstvolle Arbeit. In die vier Ecken aber webte sie vier Beispiele des menschlichen Hochmuts, der durch die Rache der Götter ein trauriges Ende nahm: Hier erblickte man den thrakischen König Hämos mit seiner Frau Rhodope, die in ihrem Übermut sich Zeus und Hera nannten und deshalb in Berge verwandelt wurden, hier die unselige Mutter der Pygmäen, die, von Hera besiegt, zum Kranich wurde und so mit ihren eigenen Kindern kämpfen musste. In der dritten Ecke war Antigone, Laomedons reizende Tochter, zu sehen. Diese war auf ihre Schönheit und besonders auf ihre herrlichen Locken so stolz, dass sie sich mit Hera verglich. Aber die Götterkönigin verwandelte die Haare in Schlangen, die sie bissen und quälten, bis Zeus die Unglückliche aus Mitleid zum Storch umwandelte. Noch jetzt frohlockt sie klappernd über ihre Schönheit. Und schließlich bildete Pallas den Kinyras, wie er das Schicksal seiner Töchter beweinte. Sie hatten durch ihren Stolz den Zorn der Hera gereizt und wurden von ihr in steinerne Stufen vor ihrem Tempel verwandelt. Der Vater warf sich jammernd auf sie nieder und bedeckte den kalten Marmor mit heißen Tränen. Alle diese Gemälde hatte Athene in den Teppich gewebt und mit einem Kranz aus Ölbaumblättern umgeben.

Arachne dagegen webte in ihre Arbeit mancherlei Bilder, in denen sie die Götter verhöhnte. So nämlich Zeus, wie er bald als Stier, bald als Adler oder Schwan, bald als lüsterner

Satyr oder in flammendes Feuer oder goldenen Regen verwandelt, die Töchter der Menschen verführte. Dies alles umrankte ein Kranz aus Efeu, mit Blumen durchflochten.

Und als sie ihr Werk vollendet hatte, vermochte selbst Pallas Athene nicht, die Kunst der jungen Frau zu tadeln, aber mit Entrüstung erkannte sie aus den Bildern den gottlosen Sinn der Weberin. Darum zerriss sie zornig die üblen Gemälde und schlug mit dem Weberschifflein, das sie noch in der Hand hielt, der eitlen jungen Frau dreimal vor die Stirn.

Dies ertrug die Unglückliche nicht. Wahnsinn erfasste sie und mit dem Seil umschlang sie verzweifelnd ihre Kehle.

Schon hing sie zuckend in der Luft, da hob sie die Göttin, von Mitleid ergriffen, aus der würgenden Schlinge und sprach: „Lebe, aber hänge, du Verwegene, und so sei dein ganzes Geschlecht bis zu den spätesten Enkeln bestraft!"

Mit diesen Worten sprengte sie Arachne einige Tropfen eines Zauberkrauts ins Gesicht und ging davon.

Sofort verschwanden Haare, Nase und Ohren der jungen Frau und sie schrumpfte zu einem winzigen, hässlichen Tier zusammen. Als Spinne übt sie noch heute, Faden für Faden, ihre alte Kunst.

Midas

Einst schweifte der mächtige Weingott Dionysos mit seinen Bacchantinnen und Satyrn hinüber nach Kleinasien. Dort lustwandelte er, von seinem Gefolge begleitet, an den rebenumrankten Höhen des Tmolosgebirges.

Nur Silenos, der alte Zecher, war nicht dabei. Er war im Weinrausch eingeschlafen und so zurückgeblieben. Den schlummernden Alten fanden phrygische Bauern. Sie fesselten ihn mit Blumenkränzen und führten ihn zu ihrem König Midas.

Ehrfürchtig begrüßte dieser den Freund des heiligen Gottes, nahm ihn bei sich auf und bewirtete ihn mit fröhlichen Gastmählern zehn Tage und Nächte lang. Am elften Morgen aber brachte der König seinen Gast ins lydische Umland, wo er ihn dem Bacchus [*Dionysos*] übergab. Erfreut, seinen alten Gefährten wiederzusehen, forderte der Gott den König auf, sich eine Gabe von ihm zu erbitten.

Da sprach Midas: „Wenn ich wählen darf, großer Bacchus, so lass alles, was ich berühre, sich in glänzendes Gold verwandeln."

Der Gott bedauerte, dass Midas keine bessere Wahl getroffen hatte, doch versprach er, den Wunsch zu erfüllen.

Froh darüber, eilte Midas davon und probierte sofort, ob sich der Wunsch auch erfüllte. Und tatsächlich: Der grüne Zweig, den er von einer Eiche brach, verwandelte sich in Gold. Rasch hob er einen Stein vom Boden auf, der zum funkelnden Goldklumpen wurde. Er brach die reifen Ähren vom Halm und erntete Gold. Das Obst, das er vom Baum pflückte, strahlte wie die Äpfel der Hesperiden. [*Die Hesperiden waren Nymphen, die einen Baum mit goldenen Äpfeln bewachten.*] Ganz entzückt lief er hinein in seinen Palast. Kaum berührte sein Finger die Pfosten der Tür, so leuchteten sie wie Feuer. Ja, selbst das Wasser, in das er seine Hände tauchte, verwandelte sich in Gold.

Außer sich vor Freude, befahl er den Dienern, ihm ein leckeres Mahl zu bringen. Bald stand der Tisch bereit, mit köstlichem Braten und weißem Brot beladen. Als er jetzt nach dem Brot griff, wurde die heilige Gabe der Demeter zu steinhartem Metall. [*Demeter war bei den Griechen die Göttin der*

170

Fruchtbarkeit, der Ernte, des Getreides. Bei den Römern hieß sie Ceres; das finden wir heute noch im Wort „Cerealien".] Er steckte das Fleisch in den Mund und schimmerndes Blech klirrte ihm zwischen den Zähnen. Er nahm den Pokal, um den duftenden Wein zu trinken, und flüssiges Gold schien seine Kehle hinabzugleiten.

Nun wurde ihm doch klar, welch schreckliche Gabe er erbeten hatte. So reich und doch so arm, verwünschte er seine Torheit, denn nicht einmal Hunger und Durst konnte er stillen, ein entsetzlicher Tod war ihm gewiss. Verzweifelt schlug er sich mit der Faust gegen die Stirn. O Schreck, auch sein Gesicht strahlte und funkelte wie Gold.

Da erhob er angstvoll die Hände zum Himmel und flehte: „O Gnade, Gnade, Vater Dionysos! Verzeih mir schwachsinnigem Sünder und nimm das gleißende Übel von mir!"

Der freundliche Gott erhörte die Bitte des reumütigen Narren.

Er löste den Zauber und sprach: „Folge dem Fluss Paktolos bis zu seiner Quelle im Gebirge. Dort, wo das schäumende Wasser dem Felsen entspringt, tauche deinen Kopf ins kühle Nass, damit dich der glänzende Überzug verlässt. So spüle zugleich mit dem Gold die Schuld ab."

Midas gehorchte dem göttlichen Befehl, und siehe, noch in derselben Stunde wich der Zauber von ihm. Aber die goldschaffende Kraft ging auf den Fluss über, der seitdem das kostbare Metall in reichem Maße mit sich führt.

Seit dieser Zeit hasste Midas allen Reichtum. Er verließ seinen prächtigen Palast und wanderte durch Felder und Wälder. Er verehrte den ländlichen Gott Pan, dessen Lieblingsaufenthalt schattige Felsgrotten sind.

Aber das Herz des Königs blieb töricht wie vorher und verschaffte ihm bald eine neue Gabe, die er nicht wieder loswerden sollte.

171

Auf den Bergen des Tmolos pflegte Pan, der bocksfüßige Gott, den Nymphen seine Lieder auf der Rohrpfeife vorzublasen. [*Daher stammt die Bezeichnung „Panflöte".*] Einst nun wagte er es, sich mit Apollon selbst im Wettkampf zu messen. Der alte Berggott Tmolos, mit einem Kranz aus Eichenlaub um das bläuliche Haar, saß auf einem Felsen, um als Richter den Streit zu entscheiden, und ringsumher saßen liebliche Nymphen und sterbliche Männer und Frauen, um zu lauschen, unter ihnen auch König Midas.

Nun begann Pan sein Spiel auf der Syrinx [*Hirtenflöte*] und entlockte dem Rohr spielerisch barbarische Töne. Mit Entzücken hörte Midas ihm zu.

Als Pan zu Ende gespielt hatte, trat Apollon vor, mit Lorbeer um die goldenen Locken, im langen purpurnen Gewand. In der Linken hielt er die Leier aus Elfenbein, Gesicht und Haltung waren voll göttlicher Hoheit. Er spielte die Saiten so, dass himmlische Töne aus ihnen klangen, die alle Hörer mit Freude und Ehrfurcht erfüllten.

Und Tmolos, ein kundiger Richter, erklärte ihn zum Sieger.

Während nun alle anderen seiner Entscheidung einmütig Beifall zollten, konnte Midas den schwatzhaften Mund nicht halten und tadelte laut die Entscheidung. Er sagte, dem Pan gebühre der Preis.

Da trat Apollon unsichtbar zu dem törichten König und fasste ihn an beiden Ohren. Mit einem leichten Ruck zog er sie in die Höhe, und siehe, sie spitzten sich zu und umhüllten sich mit grauen Zotten. Leicht beweglich schuf der Gott das untere Gelenk, denn er duldete nicht, dass so dumme Ohren noch menschliche Gestalt behielten.

Zwei lange Eselsohren schmückten nun den Kopf des armen Königs, der sich ihrer bitterlich schämte. Durch einen gewaltigen Turban versuchte er, seine Schande zu bedecken und vor aller Welt zu verheimlichen.

Aber dem Diener, der ihm das Haar zu schneiden pflegte, konnten sie nicht verborgen bleiben. Kaum sah er die neue Zierde seines Herrn, konnte er es nicht erwarten, das Geheimnis auszuschwatzen. Nur wagte er es nicht, es einem Menschen zu verraten. Um aber dennoch sein Herz zu erleichtern, ging er ans Flussufer, grub ein Loch in die Erde und flüsterte sein seltsames Geheimnis hinein. Darauf schüttete er die Grube sorgfältig wieder zu und ging erleichtert davon.

Es dauerte aber nicht lange, da entspross jener Stelle ein dichter Wald aus Schilfrohr, und die Halme rauschten so wunderlich, wenn ein Lüftchen über sie hinstrich, und flüsterten so leise und doch so deutlich einander zu: „König Midas hat Eselsohren!"

Und so wurde das Geheimnis verraten.

Hyakinthos

Der jüngste unter den Söhnen des lakonischen Königs Amyklas war Hyakinthos. Phöbos Apollon sah den hübschen Jungen und gewann eine herzliche Zuneigung zu ihm. Ja, er überlegte, ihn eines Tages in den Olymp zu erheben, damit er ihn ewig in seiner Nähe hätte.

Aber ein trauriges Schicksal gönnte dem Sterblichen die Verherrlichung nicht und raffte ihn in zarter Jugend dahin.

Oft verließ Apollon das heilige Delphi, um sich an der Küste des Eurotas in der Nähe der mauerlosen Stadt Sparta an der Gesellschaft seines Lieblings zu erfreuen. Leier und Bogen vergaß er über heiteren Spielen und lehnte es auch nicht ab, mit Hyakinthos auf der Jagd durch die rauen Höhen des Taygetos zu schweifen.

Einst um die Mittagsstunde, als die Sonne ihre heißen Strahlen senkrecht herunterschickte, zogen die beiden ihre Kleider aus, salbten ihre Körper mit Öl und begannen, die Diskusscheibe zu werfen. Da nahm Apollon zuerst die schwere Scheibe, schwang sie abwägend im Arm und schleuderte sie dann so gewaltig in die Höhe, dass sie am Himmel eine Wolke zerteilte. Es dauerte lange, bis das runde Erz wieder auf die Erde herabfiel.

Eifrig bemüht, es seinem göttlichen Lehrmeister nachzutun, sprang der Junge herbei und wollte die Scheibe fassen. Sie prallte aber vom felsigen Grund ab, flog in die Höhe und dem lieben Kind ins Gesicht.

Genauso bleich wie der Getroffene eilte Apollon herbei und fing den Zusammenbrechenden in seinen Armen auf. Bald versuchte er, die erstarrenden Glieder zu wärmen, bald wischte er das Blut von der schrecklichen Wunde, bald legte er heilsame Kräuter auf, um die fliehende Seele seines Lieblings zu halten. Doch alles war vergebens! Wie eine zarte Blume, im Garten gebrochen, plötzlich ihr welkendes Haupt niedersinken lässt, so sank der Kopf des armen Jungen, welk und matt, zurück an die Brust des Gottes. Dieser rief ihn mit den zärtlichsten Namen und bedeckte sein Gesicht mit bitteren Tränen. Ach, warum war er bloß ein unsterblicher Gott! Sonst könnte er für ihn oder doch mit ihm sterben!

Schließlich rief er: „Nein, süßes Kind, du sollst nicht völlig sterben. Mein Lied soll von dir singen und als Blume noch sollst du meinen Schmerz verkünden."

So rief Apollon, und siehe, aus dem strömenden Blut, das die Gräser rot färbte, spross eine Blume hervor von düsterem Glanz wie tyrischer Purpur. Lilienförmig wuchsen an einem Stängel zahlreiche Blumen, und jede zeigte auf ihren Blättchen in deutlicher Schrift die Seufzer des Gottes: Aï, das heißt: Wehe! Wehe! – So ersteht nun in jedem Frühling die Blume, die des Götterlieblings Namen trägt, und stirbt wie jener bald wieder dahin, ein Sinnbild für die Vergänglichkeit alles Schönen auf der Erde.

In Lakonien aber wurde jedes Jahr, wenn der Sommer kam, dem Hyakinthos und seinem göttlichen Freund zu Ehren ein großes Fest, die Hyakinthien, gefeiert. Dabei dachte man an den Jungen wehmütig wie an einen früh Verstorbenen und heiter wie an einen Vergötterten.

Atalante

Die heldenmütige junge Frau, die an der Jagd auf den Kalydonischen Eber so ruhmvoll beteiligt war, wurde von ihrem Vater, der sich einen männlichen Nachkommen gewünscht hatte, gleich nach ihrer Geburt ausgesetzt. In den Bergen fand eine Bärin, deren Junge man getötet hatte, das schreiende Kind und trug es vorsichtig in ihre Höhle, wo sie es mit ihrer Milch säugte.

Als einst Jäger die Gegend durchstreiften, fanden sie das Kind, nahmen es mit sich und zogen es zu einer blühenden jungen Frau auf. In den kühlen Bergwäldern Arkadiens aufgewachsen, war Atalante kräftig und stark und so schnell wie das schnellste Reh. Luft und Sonne hatten ihr Gesicht und ihren Körper gebräunt, aber ihre Schönheit strahlte wie die einer Waldnymphe oder der jungfräulichen Göttin Artemis. So lebte sie rein und stolz in der Einsamkeit des Gebirges und lehnte es ab zu heiraten. Ihre größte Freude war es, zu Fuß mit dem Speer einen edlen Hirsch zu erjagen.

Einst sahen zwei Zentauren, Rhökos und Hyläos, die schöne Jägerin dahineilen und beschlossen, sie zu entführen. Als sie es aber wagten, sich ihr zu nähern, schoss sie beide mit ihren Pfeilen nieder.

Außer an der Erlegung des Kalydonischen Ebers beteiligte sie sich noch an so manch anderen mutigen Heldenunternehmen, bei denen sie nicht selten die Männer durch ihre beispiellose Tapferkeit beschämte. So wohnte sie auch den berühmten Kampfspielen bei, die der Sohn des Pelias zu Ehren seines verstorbenen Vaters in Iolkos anstellte. Dort kämpfte sie sogar mit dem gewaltigen Peleus, Äakos' Sohn, und soll wirklich den Sieg über ihn davongetragen haben.

Als sie später ihre Eltern wiedergefunden hatte, bat ihr Vater, den einige Iasos oder Iasion, andere Schöneus, auch Mänalos nennen, sie eindringlich, sich doch mit einem tüchtigen Helden zu verheiraten. Aber davon wollte Atalante nichts wissen. Sie scheute das Joch der Ehe, zumal ihr einst düster geweissagt worden war: „Wenn du auch vor deinem Ehemann davonläufst, Atalante, so entkommst du ihm dennoch nicht!"

Um nun den lästigen Schwarm zudringlicher Brautwerber zu verscheuchen, schlug sie einen drei Ellen [circa 1,30 Meter] langen Pfahl in die Erde. Diesen bestimmte sie als Ziel für die Brautwerber, und nur dem, der sie im Wettlauf besiegte, wollte sie als Ehefrau folgen. Wer aber später zum Ziel kam als sie, dem sollte der Tod zur Belohnung werden.

Trotz dieser harten Bedingung war doch die Macht ihrer Schönheit so groß, dass zahlreiche Bewerber sich einstellten.

Unter den Zuschauern des seltsamen Schauspiels saß auch ein schöner junger Mann, Hippomenes, der laut die Torheit der Brautwerber tadelte. Sobald aber Atalante, strahlend vor Anmut, die Rennbahn betrat und er sie sah, verstummte er plötzlich und sprach zu sich selbst: „Verzeiht mir, die ich euch eben gescholten habe! Der Lohn, um den ihr Leben und Ehre wagen wollt, war mir unbekannt. Wahrlich, den seligen Göttern schätze ich den gleich, der diese herrliche junge Frau erwirbt."

Jetzt begann der Wettlauf. Die kühne Atalante, die sich ihres Sieges sicher war, gönnte den Brautwerbern einen Vorsprung. Dann aber flog sie dahin wie ein Pfeil von der Sehne des Bogens. Die Bewegung erhöhte noch den Reiz ihrer Schönheit. Und siehe, schon stand sie jubelnd am Ziel. Weit hinter ihr folgten die Besiegten, die nun seufzend die angedrohte Strafe erlitten.

Da trat Hippomenes an den Pfahl und rief: „Warum, o Atalante, wirbst du um so leicht errungenen Ruhm, indem du dich mit Untüchtigen misst? Komm und wag es mit mir! Und wenn das Schicksal mir den Sieg verleiht, so wisse, keinem Geringen reichst du die Hand: Ich bin Hippomenes, der Sohn des Megareus, ein Urenkel des Meeresfürsten Poseidon! Falle ich aber, so ist dein Ruhm umso größer, da du den Hippomenes besiegt hast."

Atalante sah ihn sanft an und sagte: „O Jüngling, gib dein Vorhaben auf! Es tut mir leid um deine Jugend. Du scheinst edel und großherzig zu sein, und jedes Mädchen wird sich glücklich schätzen, dich ihren Ehemann zu nennen. Ich aber kann dich nicht verschonen, wenn du einmal den Wettlauf mit mir wagst. Denn die Schande, besiegt zu werden, ist mir unerträglich."

So sprach sie, betrachtete den herrlichen jungen Mann gerührt und merkte nicht, dass die Liebe ihr eigenes Herz verwundet hatte.

177

Hippomenes aber betete heimlich zur Göttin der Liebe: „Heilige Aphrodite, unterstütze mein Vorhaben und steh mir gnädig bei!"

Und die Göttin hörte sein Flehen. Sie schwebte auf die Insel Zypern nieder und pflückte von einem Wunderbaum, der ihr geweiht war, drei goldene Äpfel. Dann trat sie, unsichtbar für alle anderen, zu Hippomenes, gab ihm die köstlichen Früchte und unterwies ihn schnell, wie er sie gebrauchen solle.

Jetzt begann zum zweiten Mal der Wettlauf, die Trompete ertönte und Hippomenes lief voraus. Vom Beifallsruf der Menge ermuntert, bot er alle Kräfte auf, aber noch war er fern vom Ziel, und schon war Atalante ihm dicht auf den Fersen. Da ließ er einen der goldenen Äpfel der Aphrodite fallen, und siehe, Atalante stutzte: Von der schimmernden Frucht angelockt, unterbrach sie den Wettlauf, bückte sich und hob den Apfel staunend auf.

Inzwischen hatte Hippomenes einen beträchtlichen Vorsprung gewonnen, und als Atalante ihn wieder einholte, warf er den zweiten Apfel auf die Rennbahn. Und wieder konnte sie der Versuchung nicht widerstehen, während Hippomenes dem Ziel immer näher kam.

„Nun steh mir bei, hilfreiche Göttin!", betete er laut und warf den letzten der Wunderäpfel.

Atalante unterbrach den Wettlauf zum dritten Mal, und während sie die goldene Frucht vom Boden aufhob, hatte Hippomenes das Ende der Bahn erreicht, von der jubelnden Menge als Sieger gefeiert.

Nicht eben widerwillig, so sagt man, folgte die Besiegte dem herrlichen jungen Mann als Ehefrau, und niemals gab es ein zärtlicheres Paar als Hippomenes und Atalante. Ihrem Bund entspross ein Sohn, so schön und anmutsvoll wie seine Eltern: Parthenopaios hieß der Held, der später vor Theben einen rühmlichen Tod fand.

Zethos und Amphion

Als der thebanische König Polydoros, ein Sohn des Kadmos, auf dem Totenbett lag, gab er seinen unmündigen Sohn Labdakos in die Obhut seines Schwiegervaters Nykteus. Dieser regierte mehrere Jahre lang in Labdakos' Namen, bis dieser volljährig geworden war. Aber Labdakos erfreute sich nur ein Jahr lang an der neuen Würde, da starb er. Und nun übernahm Nykteus die Vormundschaft über Laïos, Labdakos' kleinen Sohn.

Nykteus hatte eine schöne Tochter namens Antiope, die von Zeus geliebt wurde. Aber der König von Sikyon, Epopeus, der auch von ihrer Schönheit gehört hatte, kam heimlich nach Theben und entführte die junge Frau. In Sikyon machte er sie zu seiner Gemahlin.

Zornig darüber, fiel Nykteus mit einem Heer im Land des Epopeus ein. Es kam zur Schlacht, in der sowohl Nykteus als auch der Entführer verwundet wurden. Den Sieg aber trug Epopeus davon, und die Thebaner mussten mit ihrem sterbenden Herrscher nach Hause zurückziehen.

Vor seinem Tod bestimmte Nykteus seinen Bruder Lykos zu seinem Nachfolger auf dem Thron, bis der kleine Laïos erwachsen wäre. Und er beschwor ihn dringend, an Epopeus Rache zu nehmen und Antiope wieder nach Theben zurückzubringen.

Lykos gelobte dem sterbenden Bruder feierlich, seinen Willen zu erfüllen, und rüstete sich zum Krieg gegen Epopeus. Aber dieser war inzwischen ebenfalls an seiner Wunde gestorben und sein Thronerbe Laomedon gab Antiope freiwillig heraus.

Als nun Lykos mit ihr zurückkehrte, schenkte sie unterwegs in der Gegend von Eleutherä zwei Söhnen das Leben. Diese wurden im Gebirge ausgesetzt, aber ein gutherziger Rinderhirt nahm sich ihrer an und erzog sie allmählich zu herrlichen jungen Männern. Niemand ahnte, dass Amphion und Zethos die Söhne des Götterkönigs selbst waren.

Obwohl beide durch innige Liebe miteinander verbunden waren, entwickelten sie sich doch ganz verschieden: Zethos wurde ein Hirt, mutig, von riesiger Gestalt. Amphion dagegen übte sich im Gesang und Saitenspiel, denn er hatte von Hermes selbst eine Leier zum Geschenk erhalten. Und er brachte es in seiner Kunst zu so hoher Meisterschaft, dass sogar der Gott Apollon ihm gern Gesellschaft leistete.

Während so die Brüder unerkannt in der Einsamkeit dahinlebten, hatte ihre Mutter Antiope schweres Leid zu erdulden. König Lykos nämlich war zwar ein milder und gütiger Mann, aber er hatte eine böse Frau mit Namen Dirke. Diese war eifersüchtig und glaubte, ihr Mann liebe die Tochter seines Bruders. In ihrer blinden Wut übte sie an der Unglücklichen grausamste Rache. Oft sengte sie ihr mit glühendem Eisen die goldenen Locken weg, schlug ihr mit der Faust ins zarte Gesicht und quälte sie auf die boshafteste Weise. Die arme Antiope musste spinnen und arbeiten wie eine Sklavin und erhielt dafür kaum Wasser und Brot zur Nahrung. Tagelang schmachtete sie im dunklen Kerker und lag darin auf hartem Stein.

Endlich aber war das Maß ihrer Leiden voll. Zeus ließ in einer Nacht die Ketten von ihren Händen abfallen und sprengte die Tür des Gefängnisses. So entfloh die Unglückliche zu den Gipfeln des Kithairon, allein, unkundig des Weges, in finsterer Nacht, vom kalten Sturmwind gejagt, bis sie an ein einsames Hirtengehöft mitten im Wald kam. Dort flehte sie um ein Obdach. Zwei junge Männer traten heraus, ihre eigenen Söhne, die beide ihre Mutter nicht kannten.

Amphion war sogleich bereit, die Arme aufzunehmen, sein zartes Herz fühlte sich unbewusst zu ihr hingezogen. Der trotzige Zethos wollte ihr zwar zunächst den Eintritt verwehren, doch siegte zuletzt die Natur, und so gewährten sie der Flehenden Obdach.

Doch jetzt kam auch schon Dirke dahergeeilt. Sie hatte die Flucht der Gefangenen bemerkt und ihre Spur verfolgt. Durch erlogene Beschuldigungen konnte sie die beiden Jungen davon überzeugen, dass Antiope eine gemeine Verbrecherin sei. Den Bitten und Drohungen der Königin wagten die Brüder nicht zu widerstehen, und schon brachten sie einen wilden Stier herbei, an den sie ihre eigene Mutter binden wollten, damit sie auf Dirkes Befehl zu Tode geschleift werde.

Da stürzte der alte Hirt herbei, der einst die Zwillinge vom Tod errettet hatte, und offenbarte das Geheimnis: Antiope war Zethos' und Amphions Mutter!

Nun kehrte sich die gerechte Wut der Brüder gegen die unwürdige Dirke. Sie wurde an den wilden Stier gebunden, und dieser schleifte sie durch das Gebirge, bis sie unter den grässlichsten Qualen ihren Geist aufgab. Ihren Leichnam aber verwandelte der Gott Dionysos in eine Quelle in der Nähe von Theben, die den Namen der bösen Königin Dirke noch in späten Zeiten geführt hat.

Nun zogen Amphion und Zethos mit ihrer wiedergefundenen Mutter nach Theben, wo sie den schwachen Lykos vertrieben und sich selbst zu Herrschern ernannten.

Da aber die Stadt, die unterhalb der alten, von Kadmos erbauten Burg lag, noch keine Mauern hatte, beschlossen die Brüder, sie mit einer solchen zu umgeben. Zethos brach gewaltige Felsblöcke aus den Bergen und schleppte sie zum Bau herbei. Amphion aber ließ sein Saitenspiel ertönen. Und da bewegten sich die großen Blöcke ganz von selbst, folgten dem Klang der Musik und fügten sich selbst zusammen.

So entstanden die berühmten Mauern von Theben. Und weil Amphion die siebensaitige Leier erfunden hatte, bekam die Stadt ihm zu Ehren sieben Tore.

Die Dioskuren

Leda, die Mutter der schönen Helena, hatte zwei Söhne, Kastor und Pollux. Kastor war der Sohn des Königs Tyndareus von Sparta, aber Zeus selbst galt als Vater des Pollux. Daher war Pollux unsterblich, Kastor dagegen sterblich. Da aber die Zwillingsbrüder, die an der schroffen Küste des wilden Taygetosgebirges geboren waren, einander in Gestalt und Gemüt völlig glichen und sich so herzlich liebten, nannte man sie auch beide Tyndariden, nach Kastors Vater, oder Dioskuren, das heißt Zeussöhne. Sie waren ihr ganzes Leben hindurch und sogar noch im Tod unzertrennlich und unternahmen ihre mutigen Heldenstücke immer gemeinsam. Sie strahlten vor Schönheit und Anmut und neigten zu Frohsinn und hilfreicher Güte. So wuchsen sie zu herrlichen jungen Männern heran. Kastor war vor allem erfahren in der Kunst, ungezähmte Pferde zu lenken, Pollux aber wurde der berühmteste Faustkämpfer.

Schon in früher Jugend hatten sie Gelegenheit, ihren unwiderstehlichen Heldenmut zu beweisen, als Theseus ihre geliebte Schwester Helena entführt hatte. Auf ihren windschnellen Pferden, die die Götter ihnen geschenkt hatten, jagten sie dem dreisten Räuber nach und befreiten die Schwester aus der festen Burg Aphidnai, wo sie gefangen saß.

Später beteiligten sich die Zwillinge an der Jagd des Kalydonischen Ebers und vor allem an der Argonautenfahrt, auf der Pollux im berühmten Faustkampf den riesigen Bebrykenkönig Amykos besiegte.

Durch diese und viele andere Heldentaten erwarben sich die Dioskuren unsterblichen Ruhm, sodass der große Herakles sie zu Leitern der von ihm erneuerten Olympischen Spiele auswählte.

In Messenien herrschte damals König Aphareus, ein Schwager des Tyndareus, der ebenfalls zwei berühmte Heldensöhne hatte: Lynkeus und Idas. Lynkeus, das heißt Luchsauge, führte seinen Namen mit Recht, denn seine Augen konnten durch einen Baumstamm, ja selbst durch den Erdboden hindurch schauen. Sein Bruder Idas war von ungeheurer Körperkraft und so verwegenem Mut, dass er es einst sogar mit dem erhabenen Apollon aufnahm.

Dieser liebte nämlich die Tochter des Flussgottes Euenos, die schöne Marpessa, und hatte sie in seinem Tempel eingeschlossen. Aber Idas, der ebenfalls von heftiger Liebe zu der jungen Frau ergriffen war, brach in das Heiligtum ein und raubte die Geliebte.

Als nun der erzürnte Gott ihm drohend entgegentrat, spannte Idas unerschrocken den Bogen gegen ihn, und es wäre zum Kampf gekommen, wenn nicht Zeus selbst dem Streit ein Ende bereitet hätte, indem er Marpessa freie Wahl zwischen dem Göttlichen und dem Sterblichen ließ. Da wählte sie Idas, der sie freudig heimführte, doch ein hartes Schicksal raffte die blühende junge Ehefrau bald dahin.

Mit den beiden Aphariden Lynkeus und Idas waren die Dioskuren anfangs innig befreundet. Zuletzt aber wurden die Freunde zu Todfeinden, und das kam so: Die beiden Brüderpaare zogen einstmals auf Beute aus. In Arkadien raubten sie eine prächtige Rinderherde und beschlossen, sie untereinander zu teilen. Idas übertrugen die drei anderen das Amt der Teilung. Da zerlegte dieser einen Stier aus der Beute in vier Stücke und bestimmte, dass der, der seinen Teil zuerst verzehrt haben würde, die Hälfte des Raubes, der Zweite das Übrige haben sollte.

Nun begann der seltsame Wettstreit. Aber kaum hatten die anderen sich ans Essen gemacht, da war Idas mit seinem Teil schon fertig und half nun auch dem Bruder, sein Stück zu verspeisen. So hatten die Aphariden die Wette gewonnen und führten die ganze Beute lachend fort, während die Dioskuren leer ausgingen.

Aus Zorn hierüber brachen nun diese in Messenien ein, entführten Leukippos' schöne Töchter, Phöbe und Hilaeira, die die Bräute der Aphariden waren, und heirateten sie. Dann brachten sie ihren Raub in Sicherheit und versteckten sich in einer hohlen Eiche. Aus diesem Hinterhalt lauerten sie den Aphariden auf, um sie zu überfallen, denn sie

184

wussten sehr wohl, dass diese ihre Schande nicht ruhig ertragen, sondern sie verfolgen würden.

Lynkeus aber eilte zum Taygetos und stieg auf den höchsten Gipfel. Von da spähte er über die ganze Insel des Pelops bis an die Küsten des blauen Meeres. Und bald entdeckte er die beiden, die sich im hohlen Stamm versteckten, Kastor, den Pferdebändiger, und den Helden Pollux.

Rasch schlich er nun mit seinem Bruder heran, und ehe die Dioskuren sie bemerkten, schleuderte Idas den schweren Wurfspeer und durchbohrte Kastors Brust, sodass er zu Boden sank.

Pollux sah den blutenden Bruder zu seinen Füßen. Da sprang er wütend hervor, um mit beiden Feinden zugleich zu kämpfen. Und sie konnten seinem Angriff nicht widerstehen, sondern rannten in wilder Flucht dahin, bis ans Grab ihres Vaters Aphareus. Dort hob der starke Idas den Stein vom Grabhügel und schmetterte ihn gegen die Brust seines Verfolgers. Aber Pollux stand wie ein Fels im Meer, unerschüttert von der Wucht des auf ihn prallenden Marmors. Schon stürmte er auf Lynkeus zu und schleuderte ihm die Lanze tief in die Seite, sodass dieser sterbend zu Boden stürzte.

Daraufhin begann ein furchtbarer Kampf zwischen Pollux und Idas. Jeder brannte darauf, seinen toten Bruder zu rächen.

Da blickte Zeus herab und nahm sich seines lieben Sohnes an. Eben war Idas im Begriff, dem Gegner einen riesigen Feldstein an den Kopf zu werfen, da schickte Zeus einen feurigen Blitzstrahl, und von der himmlischen Flamme verzehrt, starb der letzte Apharide.

Einen dankbaren Blick nur schickte Pollux zum Vater empor, dann eilte er zu seinem sterbenden Bruder zurück.

Noch war dieser nicht tot, röchelte aber schwer im Todeskampf.

Da stürzte Pollux laut weinend an der Seite des heiß geliebten Bruders nieder und rief laut: „O Vater Zeus, wie soll mein Kummer jemals enden? O lass mich sterben mit ihm zusammen, Herr! Ehre und Freude sind für den Mann verloren, dem der liebste Freund genommen wurde."

Da schwebte der Götterkönig zu ihm herab und sprach: „Du bist unsterblich, denn du bist mein Sohn. Dieser aber entstammt einem sterblichen Vater. So entscheide nun frei: Willst du, ohne alt zu werden und zu sterben, als Gott im Olymp bei den seligen Göttern wohnen, doch ohne Kastor, dann sei es dir gewährt. Oder willst du alles mit dem lieben Bruder teilen, so magst du mit ihm zugleich die Hälfte der Zeit in der finsteren Unterwelt, die andere Hälfte im goldenen Himmelssaal sein."

Als der Gott so sprach, schwankte und zweifelte Pollux nicht einen Moment. Freudig und ohne Zögern wählte er das gemeinsame Schicksal mit seinem Bruder.

Und so bringen die Zwillinge, unzertrennlich wie im irdischen Leben, einen Tag beim Vater Zeus und den übrigen Göttern, den anderen im dunklen Hades gemeinsam zu. Die Menschen aber beten zu ihnen in allen Nöten des Lebens, denn sie verehren die Dioskuren als gnädige Helfer in Gefahr. Im Getümmel der Schlacht erscheinen die Brüder als leuchtende Sterne dem bedrängten Helden und führen ihn zum Sieg. Auf tobender See, in Sturm und Unwetter schweben sie auf goldenen Flügeln herab, um den verzweifelnden Schiffbrüchigen zu helfen. Sankt-Elms-Feuer nennt jetzt der Seemann das wundersame Heil kündende Leuchten, das in der Finsternis des Unwetters an Masten, Segeln und Tauen plötzlich aufleuchtet.

Melampus

Amythaon, ein Sohn des Kretheus, lebte in Messenien in der Stadt Pylos, die er gegründet hatte. Seine Frau Idomene gebar ihm zwei Söhne. Der eine hieß Bias, der andere Melampus, das heißt Schwarzfuß, denn da das Kind einst im Freien eingeschlafen war, verbrannte ihm die Sonne die Fußsohlen, sodass sie ganz schwarz wurden. Die beiden Brüder liebten sich sehr, und als sie noch klein waren, schickte sie der Vater aufs Land, wo sie friedlich miteinander lebten und aufwuchsen.

Vor ihrem Wohnhaus stand eine hohe Eiche, in deren Stamm sich ein Schlangennest befand. Melampus hatte oft seine Freude an den klugen Tieren, und als die Arbeiter die alten Schlangen getötet hatten, hatte er Mitleid mit den verlassenen Jungen. Da schichtete er Holz auf, zündete es an und verbrannte die Körper der alten. Die kleine Brut aber nahm er mit ins Haus und zog sie auf.

Als nun die Jungen erwachsen waren, fügte es sich, dass Melampus sich einmal hingelegt hatte und schlief. Da krochen seine Zöglinge zu ihm, schlängelten sich auf seine Schultern und leckten ihm mit ihren Zungen die Ohren aus. Als Melampus erschrocken aufwachte, wunderte er sich sehr, denn er verstand alles, was die Vögel, die über ihm hinflogen, sangen. Seitdem war er ein berühmter Wahrsager, denn die Vögel verkündeten ihm die Zukunft. Später lernte er auch noch die Kunst, aus den Eingeweiden der Opfertiere zu weissagen, und wurde der Liebling des Apollon, des prophetischen Gottes, der sich gern mit ihm unterhielt.

Neben Amythaon war der Held Neleus in Pylos mächtig. Dieser hatte eine wunderschöne Tochter namens Pero, die so schön war, dass alle Welt sie heiraten wollte. Aber Neleus wollte sie keinem geben.

Auch Bias, Melampus' Bruder, sah die schöne Pero und wurde von zärtlicher Liebe zu ihr entflammt. Da ging er zu Neleus und bat um die Hand seiner Tochter. Neleus aber sagte, er werde sie nur mit dem verheiraten, der ihm die Rinder des Iphiklos – ein Erbteil seiner Mutter – brächte. Diese Rinder waren von ausgezeichneter Schönheit und befanden sich in Phylake in Thessalien, wo sie von einem Hund so gut bewacht wurden, dass weder Mensch noch Tier in ihre Nähe gelangen konnte.

Bias bemühte sich denn auch vergebens, die Rinder zu stehlen, und bat deshalb seinen Bruder, ihm dazu zu verhelfen. Melampus, der seinen Bruder Bias herzlich lieb hatte, erklärte sich auch sofort einverstanden, obwohl er im Voraus wusste, dass er bei dem waghalsigen Unternehmen gefangen genommen und als Dieb eingekerkert werden würde. Doch wusste er auch, dass er trotzdem nach Ablauf eines Jahres die Rinder in seine Gewalt bekommen werde.

Also verließ er sich auf unverhoffte Hilfe und reiste, wie er versprochen hatte, nach Phylake. Dort wurde er bei dem Versuch, die Herden zu stehlen, wirklich ertappt, in Ketten gelegt und ins Gefängnis geworfen.

Als nun fast ein Jahr vergangen war, saß Melampus eines Tages sorgenvoll im Kerker. Da hörte er, wie unter dem Dach in den Sparren die Holzwürmer arbeiteten und miteinander sprachen. Schnell fragte er sie, wie weit sie mit ihrem Zerstörungswerk seien.

„Das meiste haben wir schon geschafft", antworteten die Würmer, „ein Stündchen Zeit noch, dann ist die Arbeit getan."

Als Melampus das hörte, rief er laut nach dem

Gefängniswärter und verlangte, sogleich in ein anderes Gebäude geführt zu werden, denn dieses werde noch heute zusammenstürzen. Und kaum war diese Bitte erfüllt worden, fiel das verlassene Haus in Trümmer.

Bald gelangte die Kunde von der Sehergabe des Gefangenen zu König Phylakos, Iphiklos' Vater. Er wunderte sich sehr, und da er erkannte, dass er den vortrefflichsten Wahrsager in seinem Kerker hatte, ließ er ihm seine Fesseln abnehmen und diesen zu ihm führen. Darauf nahm er ihn beiseite und sagte diesem, er wolle ihm die Rinder gern geben, wenn er seinen Sohn Iphiklos zu heilen vermöge. Dieser war nämlich als Kind ganz gesund und kräftig gewesen. Durch einen sonderbaren Zufall aber hatte er plötzlich noch in seiner Jugend seine Gesundheit verloren und war seitdem krank und schwächlich. Melampus versprach dem König, die Sache zu erforschen, und Phylakos wiederholte sein Versprechen, dass er ihm die Herden ausliefern wolle.

Daraufhin schlachtete Melampus dem Zeus zwei Stiere, schnitt sie in Stücke und rief den Vögeln zu, sie sollten zum Mahl kommen. Als sie nun von allen Seiten zusammengeflogen waren, fragte sie der Seher, ob sie ihm den Grund für Iphiklos' Krankheit verraten könnten. Die Vögel wussten aber alle nichts. Doch war da ein junger Geier, der erzählte, sein alter Vater sei daheim im Nest geblieben, vielleicht wisse der etwas von dem Geheimnis.

Sogleich schickte Melampus einige Boten an den alten Geier, der auch nach kurzer Zeit wirklich erschien und dem Seher Folgendes mitteilte: Einst habe Phylakos im Wald Holz gefällt, und da sein kleiner Sohn sich in der Nähe herumgetrieben hatte, habe der Vater, zum Scherz und um ihn zu erschrecken, die blinkende Axt dicht vor ihm in einen Baum geschleudert, in dem sie stecken blieb und immer noch steckte. Iphiklos aber sei der Schreck in die Glieder gefahren und daher rühre seine Krankheit.

„Wenn du nun", so sprach der Geier weiter zu Melampus, „jene Axt findest, so schabe den Rost davon ab und gib ihn Iphiklos in Wein eingerührt zehn Tage lang zu trinken, dann wird er gesund werden."

Das war es, was Melampus von dem alten Geier erfuhr. Er tat, wie ihm geraten war, suchte und fand die Axt, schabte den Rost davon ab und gab ihn Iphiklos zehn Tage lang zu trinken. Bald wurde Iphiklos frisch und gesund.

Nun überreichte der erfreute König dem Melampus die Rinder, der sie nach Pylos trieb und zu Neleus brachte. Von diesem erhielt er dafür die schöne Pero und gab sie seinem Bruder zur Frau. So lebten sie etliche Jahre in Messenien. Iphiklos aber wurde ein herrlicher Held, unbesiegbar im Wettlauf, denn die Schnelligkeit seiner Füße war so außerordentlich, dass er über ein Getreidefeld dahinlief, ohne die Ähren zu knicken, und über die Meereswogen, ohne dass seine Knöchel nass wurden.

Im Land Argolis herrschten einst die Zwillinge Akrisios und Prötos, die Enkel der Danaide Hypermnestra und des Aigyptiden Lynkeus. Diese liebten sich nicht brüderlich wie Melampus und Bias, sondern sie hatten schon Streit miteinander, als sie noch an der Mutterbrust lagen. Und als sie herangewachsen waren, stritten sie sich um die Herrschaft, bis Akrisios die Oberhand gewann und Prötos aus dem Land verjagte. Prötos aber floh nach Lykien zu König Iobates, der ihm seine Tochter zur Frau gab und ihn mit einem Heer nach Argolis zurückschickte. Dort eroberte er die Stadt Tiryns, wo ihm die Zyklopen eine gewaltige Mauer und uneinnehmbare Burg bauten. Akrisios musste nun mit dem Bruder teilen, sodass er selbst zu Argos, Prötos aber zu Tiryns König wurde.

Von seiner Frau Anteia hatte Prötos drei Töchter, die so schön waren, dass alle Griechen sie heiraten wollten. Sie aber waren gottlos und stolz. Und als sie einst in einen alten Tempel der Götterkönigin kamen, spotteten sie, dass er so einfach und schmucklos war, das Haus ihres Vaters sei viel prunkvoller und glänzender.

Doch die Göttin duldete nicht, dass ihr ehrwürdiges Heiligtum verhöhnt werde. Sie schlug daher die gottlosen jungen Frauen mit schrecklichem Wahnsinn, sodass sie sich selbst für Kühe hielten und brüllend durch das Land liefen. In Argolis und Arkadien und im ganzen Peloponnes irrten sie ohne Sinn und Verstand umher.

Darüber war ihr Vater Prötos sehr betrübt, und da er von dem hohen Ruhm des Sehers Melampus gehört hatte, ließ er ihn zu sich rufen und bat ihn, seine unglücklichen Töchter zu heilen.

Melampus sprach: „Ich will deinen Wunsch erfüllen, wenn du mir den dritten Teil deiner Herrschaft abtrittst" [= *ein Drittel seines Reiches*].

Das war aber dem geizigen König zu viel, er wollte also nicht darauf eingehen, und die Folge war, dass die Mädchen noch rasender wurden. Ja, ihr Wahnsinn steckte sogar die übrigen griechischen Frauen an. Sie verließen ihre Wohnungen, ermordeten ihre eigenen Kinder und irrten ebenfalls brüllend umher.

Als nun das Übel seinen höchsten Grad erreicht hatte, rief Prötos, von Angst ergriffen, noch einmal Melampus herbei und bat ihn um Hilfe, indem er ihm den dritten Teil seines Reiches versprach.

Aber der Seher weigerte sich jetzt zu helfen, wenn Prötos nicht auch seinem Bruder Bias ein zweites Drittel zusichere. So schwer es dem König fiel, so willigte er doch schließlich ein, denn er fürchtete, wenn er länger zögere, werde Melampus am Ende noch das ganze Land von ihm verlangen.

Melampus versammelte sogleich die kräftigsten griechischen jungen Männer um sich, führte sie hinaus in die Gebirge und jagte mit ihnen unter lautem Geschrei und begeisterten Tänzen die Rasenden vor sich her bis in die Nähe von Sikyon. Während der Hetzjagd starb Prötos' älteste Tochter, die beiden anderen aber wurden feierlich gereinigt, indem Melampus durch Gebete und Opfer die erzürnte Hera versöhnte. So kamen sie wieder glücklich zu Verstand, und ihr Vater gab außer dem versprochenen Land die eine dem Melampus, die andere dem Bias zur Frau, wodurch die Brüder mächtige Könige wurden. Von ihnen stammte eine große und glorreiche Nachkommenschaft ab, die Melampodiden, auf die sich die Sehergabe ihres Vorfahren vererbte.

Orpheus und Eurydike

Der unvergleichliche Sänger Orpheus war ein Sohn des thrakischen Königs und Flussgottes Öagros und der Muse Kalliope. Apollon selbst, der melodische Gott, schenkte ihm ein Saitenspiel, und wenn Orpheus es rührte und dazu seinen herrlichen Gesang ertönen ließ, den seine Mutter ihn gelehrt hatte, so kamen die Vögel in der Luft, die Fische im

Wasser, die Tiere des Waldes, ja die Bäume und Felsen herbei, um den wundervollen Klängen zu lauschen.

Seine Frau war die schöne Najade Eurydike und sie liebten sich beide auf das Zärtlichste. Aber ach, nur allzu kurz war ihr Glück, denn kaum waren die fröhlichen Lieder der Hochzeit verstummt, da raffte ein früher Tod die blühende junge Ehefrau dahin. Als nämlich die schöne Eurydike und ihre Nymphen sich draußen im Grünen aufhielten, da stach sie eine giftige Schlange, die im Gras versteckt lag, in die zarte Ferse, und sterbend sank die Liebliche ihren erschreckten Freundinnen in die Arme.

Unaufhörlich hallten nun die Berge und Täler vom Schluchzen und Klagen der Nymphen wider, und unter ihnen jammerte und sang Orpheus seinen Schmerz in wehmütigen Liedern hinaus. Da trauerten die Vögel und die klugen Hirsche und Rehe mit dem verlassenen Mann. Aber all sein Flehen und Weinen brachte die Verlorene nicht zurück.

Da fasste er einen unerhörten Entschluss: Er wollte hinunter in das grausige Reich der Schatten steigen, um das finstere Königspaar [*Hades und Persephone*] zu Eurydikes Rückgabe zu bewegen.

Durch die Pforte der Unterwelt bei Tainaron ging er hinab. Schaurig umschwebten die Schatten der Toten den Lebenden. Er aber schritt mitten durch die Schrecknisse des Orkus, bis er vor den Thron des bleichen Hades und seiner strengen Frau trat.

Dort nahm er seine Leier und sang zum süßen Klang der Saiten: „O ihr Herrscher des unterirdischen Reiches, hört gnädig meine Bitten an! Ich kam nicht herab, von Neugier getrieben, um den Tartaros [*tiefster Teil der Unterwelt*] zu schauen, nicht um den dreiköpfigen Hund zu fesseln. [*Der dreiköpfige Riesenhund war Cerberus, der den Eingang zur Unterwelt bewachte.]* Ach nein, ich nähere mich euch um meiner Frau willen. Vom Biss der heimtückischen Schlange vergiftet, sank die Teure in der Blüte ihrer Jugend dahin, nur wenige Tage war sie meines Hauses Stolz und Freude. Seht, ich wollte es tragen, das unermessliche Leid, lange habe ich gerungen. Aber die Liebe zerbricht mir das Herz, ich kann nicht ohne Eurydike sein. Darum fleh ich zu euch, furchtbare, heilige Götter des Todes! Bei diesen grauenvollen Orten, bei der schweigenden Leere eures Reiches: Gebt sie mir wieder, meine liebe Frau. Lasst sie frei und schenkt ihr das allzu früh verblühte Leben zurück! Aber kann es nicht sein, so nehmt auch mich unter die Toten auf. Niemals kehre ich ohne sie zurück."

So sang er und rührte mit den Fingern die Saiten. Und siehe, da horchten die blutlosen Schatten und weinten. Der unselige Tantalos fischte nicht mehr nach den entschlüpfenden Wassern, Ixions sausendes Rad stand still, die Töchter des Danaos ließen ab vom vergeblichen Mühen und lehnten horchend an der Urne, selbst Sisyphos vergaß seine Qual und setzte sich auf den tückischen Felsblock, um den sanften Klagetönen zu lauschen.

Damals, so sagt man, rannen selbst von den Wangen der furchtbaren Eumeniden Tränen, und das düstere Herrscherpaar fühlte sich zum ersten Mal von Mitleid bewegt. Persephone rief Eurydikes Schatten, der unsicher herankam.

„Nimm sie mit dir", sprach die Totenkönigin, „aber beachte: Nur wenn du keinen Blick auf sie wirfst, wenn sie dir folgt, ehe du das Tor der Unterwelt durchschritten hast, nur dann gehört sie dir. Doch schaust du dich zu früh nach ihr um, so wird dir die Gnade entzogen."

Schweigend und schnellen Schrittes stiegen nun die

beiden den finsteren Weg empor, vom Grauen der Nacht umgeben. Da wurde Orpheus von unsäglicher Sehnsucht ergriffen, er lauschte, ob er nicht den Atemzug der Geliebten oder das Rauschen ihres Gewandes hörte – aber still, totenstill war alles um ihn her. Von Angst und Liebe überwältigt, wagte er es, einen schnellen Blick zurück zu der Ersehnten zu werfen. Doch da schwebte sie, o Jammer, zurück in die schaurige Tiefe und schaute ihn traurig und voll Zärtlichkeit an. Verzweifelt streckte er die Arme nach ihr aus. Aber vergebens! Zum zweiten Mal starb sie den Tod, doch ohne Klage – wie hätte sie auch klagen können, so innig geliebt zu sein?

Schon war sie fast seinen Blicken entschwunden: „Leb wohl, leb wohl!", so tönte es leise verhallend aus der Ferne.

Starr vor Gram und Entsetzen stand Orpheus zuerst still, dann stürzte er zurück in die finsteren Klüfte. Aber jetzt wurde ihm der Zugang verwehrt.

Sieben Tage und Nächte saß nun der Arme am Ufer, ohne Speise und Trank, und vergoss zahllose Tränen. Um Gnade flehte er die unterirdischen Götter an, aber diese waren unerbittlich. Ein zweites Mal ließen sie sich nicht erweichen.

So kehrte er denn voller Kummer auf die Oberwelt zurück in die einsamen Bergwälder Thrakiens. Drei Jahre lang lebte er so dahin, allein, die Gesellschaft der Menschen meidend. Der Anblick der Frauen war ihm verhasst, denn er hatte immer das liebliche Bild seiner Eurydike vor Augen. Ihr galten alle seine Seufzer und Lieder, ihrem Andenken die süßen, klagenden Töne, die er der Leier entlockte.

So saß der göttliche Sänger einst auf einem grünen schattenlosen Hügel und begann sein Lied. Da bewegte sich der

Wald, näher und näher rückten die mächtigen Bäume, bis sie ihn mit ihren Zweigen überschatteten. Und auch die Tiere des Waldes und die munteren Vögel kamen heran und lauschten im Kreis den wundervollen Tönen.

Da durchstürmten thrakische Frauen die Berge und feierten das Fest des Dionysos. Sie hassten den Sänger, der seit dem Tod seiner Ehefrau alle Frauen verschmähte.

Als sie Orpheus dort sitzen sahen, rief die Erste: „Dort seht ihn, der uns verhöhnt!"

Und im Nu stürzten sie tobend auf ihn zu, indem sie Steine und Thyrsos-Stäbe [Dionysos-Stäbe] schleuderten. Noch lange schützten die treuen Tiere den geliebten Sänger. Als aber der Klang seiner Weisen allmählich in dem Wutgeheul der wahnsinnigen Frauen verhallte, flohen sie erschreckt ins Dickicht des Waldes.

Da traf ein geschleuderter Stein die Schläfe des Unglücklichen. Blutend sank er ins grüne Gras und seine Seele entfloh.

Kaum hatte sich die mörderische Rotte verzogen, da kamen die Vögel schluchzend herbeigeflattert, traurig näherten sich die Felsen und alle Tiere. Auch die Nymphen der Quellen und Bäume eilten herbei, in schwarze Gewänder gehüllt. Sie alle klagten und trauerten um Orpheus und begruben seinen Leichnam. Seinen Kopf aber und die Leier nahm die hereinbrechende Flut des Hebros auf und trug sie mitten im Strom dahin. Noch immer klang es wie süßer Klagelaut von den Saiten und von der entseelten Zunge, leise antworteten die Ufer mit wehmütigem Echo.

So trug der Strom Orpheus' Kopf und Leier hinaus ins Meer bis an die Küste der Insel Lesbos, wo die Einwohner beides auffingen. Den Kopf bestatteten sie und die Leier hängten sie in einem Tempel auf. Daher kommt es, dass jene

Insel so herrliche Dichter und Sänger hervorgebracht hat. Ja, selbst die Nachtigallen sangen dort lieblicher als anderswo, um das Grab des göttlichen Orpheus zu ehren. Seine Seele aber schwebte hinab ins Schattenreich. Dort fand Orpheus die Geliebte wieder, und nun weilten sie, ungetrennt und selig umschlungen, im Reich Elysiums [„*Insel der Seligen*"], auf ewig miteinander vereint.

Keyx und Halkyone

Keyx, der Sohn des Abendsterns und der Nymphe Philonis, wurde durch Unheil verkündende Weissagungen erschreckt und beschloss deshalb, über das Meer nach Klaros in Kleinasien zu segeln, wo es ein berühmtes Orakel des Apollon gab. Seine treue Frau Halkyone, eine Tochter des Windgottes Äolos, mit der ihn innige Liebe verband, versuchte aber, ihn von seinem Vorhaben abzubringen oder ihn doch wenigstens dazu zu bewegen, sie mit auf die gefährliche Reise zu nehmen. Obwohl ihre Worte und Tränen ihn zutiefst berührten, wich er doch nicht von seinem Vorsatz ab und versuchte, sie zu trösten und zu ermutigen.

„Zwar erscheint uns beiden jede Trennung lang", sprach er, „aber ich schwöre dir bei meinem strahlenden Vater: Vergönnt mir das Schicksal die Heimfahrt, so kehre ich wieder, ehe der Mond sich zweimal erneuert hat." [*Das bedeutet: in weniger als zwei Monaten.*]

Darauf befahl er, das Schiff zu Wasser zu lassen und alles für die Reise vorzubereiten.

Beim Abschied konnte Halkyone ihren unsäglichen Schmerz nicht verbergen und sprach: „Lebe wohl!"

Dann brach sie ohnmächtig am Ufer zusammen.

Gern hätte daraufhin der liebende Ehemann die Reise noch hinausgezögert, aber schon begannen die jungen Männer auf dem Schiff, die Ruder anzuziehen, sodass das Meer schäumte. Da durfte er nicht länger verweilen und eilte an Bord.

Als Halkyone erwachte und unter Tränen aufblickte, sah sie den geliebten Mann auf dem Hinterdeck des Schiffes stehen und ihr die letzten Grüße zuwinken. Sie winkte zurück und folgte mit den Augen dem Schiff, bis das weiße Segel ihrem Blick entschwand. Da kehrte sie wieder in ihr einsames Haus zurück, warf sich weinend aufs Bett und grämte sich um ihren fernen Ehemann.

Inzwischen segelten Keyx und seine Männer immer weiter hinaus aufs Meer. Ein sanfter Wind kam auf, die Ruder wurden beigelegt und vom günstigen Lufthauch blähten sich die Segel. Schon war die Hälfte der Fahrt zurückgelegt, das Schiff war in der Mitte zwischen beiden Ufern. Da tobte gegen Abend der schreckliche Euros von Süden daher und krönte die Wellen mit weißem Schaum. Ein wütender Sturm erhob sich.

„Schnell die Rahen herab", schrie der Steuermann, „die Segel fest um die Stangen gewickelt!"

Aber seine Worte verhallten ungehört im Geheul des Sturms und im Brausen der Wellen. Nun beeilte sich jeder, zu tun, was ihm das Beste schien: Der eine zog die Ruder ein, andere verstopften die Ruderlöcher an Bord. Hier wurden die Segel herabgerissen, dort wurde Wasser zurück ins Meer geschöpft.

Während dieser Verwirrung wuchs das Toben der Winde,

die das Meer bis zum Grund aufwühlten. Verzagt stand der Lenker des Schiffes und gab zu, dass er nicht wusste, wie es um sie stand noch was er befehlen und verbieten sollte.

Nun verhüllten schwarze Wolken den Himmel, finstere Nacht sank herein, nur von zuckenden Blitzen erleuchtet. Der Donner krachte Schlag auf Schlag, immer höher türmten sich die Wellen und überschütteten das Schiff mit salzigem Wasser. Die Mannschaft schrie laut, die Balken drohten schon zu brechen, da sprang eine riesige Welle hinein in den inneren Schiffsraum. Da erfasste die meisten Verzweiflung, der eine weinte, ein anderer staunte wie zu Stein erstarrt. Der eine pries den glücklich, der auf dem Land ein Grab gefunden hatte, ein anderer flehte die Götter um Rettung an und streckte vergebens die Arme zum unsichtbaren Himmel empor. Wieder andere dachten an die Lieben, die sie daheimgelassen hatten, an den alten Vater, die zärtliche Ehefrau, die blühenden Kinder.

Keyx aber dachte nur an Halkyone, nur ihr Name erklang wieder und wieder von seinen Lippen. Und obwohl er sich nach ihr sehnte, so freute er sich doch, dass sie jetzt fern und in Sicherheit war. Ach, wie gern würde er ans heimische Ufer zurückkehren, sterbend die Hände ausstrecken nach der Gegend, in der die Geliebte wohnt. Aber im undurchdringlichen Dunkel der Nacht wusste er nicht, wohin er sich wenden sollte.

Jetzt stürzte der geborstene Mastbaum herab und zerschlug krachend auch das Steuer. Stolz auf ihre Beute, erhob sich die Welle wie eine Siegerin und versenkte das Schiff auf den Grund des Meeres. Viele der Schiffer wurden mit in den Strudel hinabgerissen und kamen nicht wieder lebend empor.

Keyx hielt ein armseliges Brett mit der Hand, in der einst

das Zepter ruhte, und als seine müden Arme erlahmten, rief er: „Halkyone!"

Und als die Wellen über seinem Kopf zusammenschlugen, seufzte er: „Halkyone!"

Und „Halky-one!" murmelte zum letzten Mal der Mund des Ertrinkenden.

Sein göttlicher Vater, der den Himmel nicht verlassen durfte, verhüllte sein Gesicht mit schwarzen Wolken, um den geliebten Sohn nicht sterben zu sehen.

Unterdessen zählte Halkyone, die von dem Unglück nichts ahnte, die Tage und Nächte bis zur Heimkehr des geliebten Ehemanns. Sie richtete schon die Gewänder her, die sie beide tragen sollten. Auch vergaß sie nicht, den Göttern, insbesondere der Hera, zu opfern und darum zu flehen, dass sie ihr den lieben Mann gesund wieder heimbringe.

Hera sah dies voller Trauer und sprach zu Iris, der Götterbotin: „Eile an den Hof des Schlafgottes und befiehl ihm, der wartenden Halkyone einen Traum in Gestalt des toten Keyx zu senden, der ihr das wahre Schicksal verkündet!"

Sofort zog Iris das tausendfarbige Gewand an und eilte über den schimmernden Himmelsbogen hinab zur Felsenwohnung des Gottes. Fern am westlichen Rand der Erdscheibe liegt ein Berg mit einer tiefen und weiten Grotte; dort herrscht der Schlafgott. Niemals dringen die Strahlen des Helios dorthin, ein dunkler Nebel steigt aus dem Boden empor und hüllt alles in Dunkelheit. Kein Laut, weder Hundegebell noch menschliche Rede, stört die ewige Stille. Nur ein sanfter Bach fließt mit einschläferndem Murmeln um den Eingang der Höhle herum. An seinen Ufern sprießen unzählige duftende Kräuter, aus denen die Nacht ihren betäubenden Saft sammelt. Keine knarrende Tür gibt es in der Behausung, der Eingang steht offen. Tief im Inneren steht ein Lager aus Ebenholz, mit weichen Kissen bedeckt. Darauf ruht entspannt der Gott und rings um ihn liegen in tausend Gestalten die Träume, seine Söhne.

Als nun Iris die Grotte betrat, erhellte der Glanz ihres Gewandes sogleich das ganze Haus. Der Schlafgott hob matt den Blick, sank wieder und wieder zurück, nickte müde, schüttelte sich aus sich selbst hervor und stützte sich auf den Arm.

„Welche Botschaft bringst du, schimmernde Iris?", fragte er endlich.

Schnell trug die Götterbotin ihren Auftrag vor und eilte sogleich wieder zum Olymp, denn sie konnte den betäubenden Duft nicht länger ertragen, der die ganze Höhle durchdrang. Aber der Schlaf wählte aus der Schar seiner tausend Kinder den Morpheus, um den göttlichen Befehl auszuführen, denn dieser war besonders geschickt darin, Gang und Stimme, Gestalt und Gesichter der Menschen nachzuahmen. Daraufhin sank der Alte wieder zurück in die weichen Polster.

Morpheus aber flog mit geräuschlosen Flügeln durch die Nacht und beugte sich über das Lager der schlummernden Halkyone.

In Keyx' Gestalt, ertrunken, totenbleich, nackt, mit triefendem Bart und Haupthaar, die Wangen voller Tränen, sprach er: „Erkennst du deinen Keyx noch, arme Frau, oder hat der Tod mich ganz verändert? Du kennst mich! Ach, ich bin nicht Keyx, nein, nur sein Schatten. Ich bin tot, Geliebte. Im Ägäischen Meer, wo der Sturm unser Schiff zerschellte, schwimmt meine Leiche. Darum lege Trauerkleider an und weine um mich, damit ich nicht unbeweint in die traurige Unterwelt gehen muss."

Zitternd streckte die Schlafende die Arme aus, ihr eigenes Schluchzen weckte sie.

„O bleibe! Wo eilst du hin?", rief sie dem schwindenden Traumbild nach. „Lass mich mit dir gehen!"

Als sie nun allmählich zum vollen Bewusstsein kam, schlug sie sich auf den Kopf, zerraufte sich die goldenen Locken, zerriss ihr Gewand und schrie laut auf vor unendlichem Jammer.

So kam der Morgen heran. Da ging sie hinaus an die Küste, um den Ort zu besuchen, von wo sie einst dem Geliebten die letzten Grüße nachgeschickt hatte. Und als sie so mit tränenden Augen in die blaue Ferne blickte, da erschien plötzlich weit vom Strand in den Wellen etwas wie ein menschlicher Körper. Immer näher trugen es die Wellen heran, und je näher es kam, desto mehr schwanden ihr die Gedanken. Jetzt, jetzt schwamm es ganz nah ans Land.

„Er ist's!", schrie die Unglückliche und streckte die Hände nach dem Leichnam ihres geliebten Mannes aus: „So also kehrst du zu mir zurück, du Armer! Empfange mich denn, ich komme zu dir!"

In die Flut wollte sie sich stürzen, aber siehe, Flügel hoben sie durch die Luft, wehmütig klagend flatterte sie als Vogel dicht übers Meer dahin und schwang sich schluchzend an die Brust ihres toten Mannes. Und war es nicht so, als ob er die Nähe seiner lieben Frau fühlte? Ja wahrlich, die mitleidigen Götter verwandelten auch seine Gestalt und verliehen ihm neues Leben.

Als Eisvögel lieben sich nun die beiden Eheleute noch immer treu, in nie getrenntem Ehebund leben sie weiter. Mitten im Winter kehren alljährlich sieben ruhige, windstille Tage wieder. Dann sitzt Halkyone brütend im schwimmenden Nest auf dem glatten Meeresspiegel. Denn ihr Vater Äolos hält zu dieser Zeit die Winde daheim im Haus und schafft seinen Enkeln schützende Ruhe.

Gustav Schwab (1792–1850) war Pfarrer, Gymnasialprofessor und Schriftsteller. Er hat mit den „Sagen des klassischen Altertums" einen Klassiker der deutschsprachigen Kinder- und Jugendliteratur geschaffen und ab 1838 einer breiten Öffentlichkeit zugänglich gemacht.

SAGEN DES KLASSISCHEN ALTERTUMS

ISBN 978-3-7348-5500-9

Die „Sagen des klassischen Altertums" von Gustav Schwab
(1792 – 1850) waren über viele Jahrzehnte ein Klassiker. Auch
heute noch begegnen uns im Theater und im Opernhaus, in
Museen auf antiken Vasen und neuzeitlichen Gemälden, in
Comics und im Film immer wieder Figuren und Motive der
trojanischen Mythen. Deshalb lohnt es sich nach wie vor, den
wichtigsten und wirkungsreichsten Sagenkreis der Antike, die
Geschichten von und um Troja und ihre Helden, zu kennen.
Der vorliegende Text ist im engen Anschluss an die Schwab'sche
Vorlage entstanden, aber durch behutsame sprachliche Anpassungen von Dorothea von der Höh modernisiert und durch
gelegentliche Erläuterungen bereichert worden.

Natürlich magellan©

FSC
www.fsc.org
MIX
Papier aus ver-
antwortungsvollen
Quellen
FSC® C083411

**Wir pflanzen Bäume
Für unsere Umwelt**
www.magellanverlag.de

**FAIR
PRODUZIERT**
www.magellanverlag.de

**Hergestellt in Deutschland
Gedruckt auf FSC®-Papier
Lösungsmittelfreier Klebstoff
Drucklack auf Wasserbasis**

1. Auflage 2021
© 2021 Magellan GmbH & Co. KG, 96052 Bamberg
Alle Rechte vorbehalten
Lektorat: Dorothea von der Höh
Umschlaggestaltung: Christian Keller unter der Verwendung von
Motiven von akg-images (Bildnummer AKG614669, AKG2114687)
Illustrationen: shutterstock/luma_art, shutterstock/RedKoala,
iStock/LeArtistique
Druck: CPI, Leck
ISBN 978-3-7348-5501-6

www.magellanverlag.de